Kalp Tuzağı

Translated to Turkish from the English version of

Heart Trap

Barnali Basu

Ukiyoto Publishing

Tüm küresel yayın hakları

Ukiyoto Publishing

2023 yılında yayınlandı

İçerik Telif Hakkı © Barnali Basu

ISBN 9789360165222

Tüm hakları saklıdır.

Bu yayının hiçbir bölümü, yayıncının önceden izni alınmaksızın elektronik, mekanik, fotokopi, kayıt veya başka herhangi bir yolla çoğaltılamaz, iletilemez veya bir erişim sisteminde saklanamaz.

Yazarın manevi hakları ileri sürülmüştür.

Bu bir kurgu eseridir. İsimler, karakterler, işletmeler, yerler, olaylar, yöreler ve olaylar ya yazarın hayal gücünün ürünüdür ya da hayali bir şekilde kullanılmıştır. Yaşayan veya ölmüş gerçek kişilerle veya gerçek olaylarla olan benzerlikler tamamen tesadüfidir.

Bu kitap, yayıncının önceden izni olmaksızın, yayınlandığı cilt veya kapak dışında herhangi bir şekilde ödünç verilmemesi, yeniden satılmaması, kiralanmaması veya başka bir şekilde dağıtılmaması koşuluyla satılmaktadır.

www.ukiyoto.com

Adanmışlık

Konuşma yeteneğini miras aldığım babamın anısına ithaf edilmiştir!

Fikirlerimi dinlediği ve destek verdiği için anneme, en büyük eleştirmenlerim ve sonuçta en büyük gelişim destekçilerim olan kız kardeşime ve yeğenime, bu çabanın zorluklarına gülümseyerek katlandıkları için eşime, kayınvalideme ve kızıma teşekkür ederim.

Daha kısa eserlerimi okuyan ve geri bildirimde bulunan tüm arkadaşlarıma teşekkür ederim, sözleriniz edebiyat yolculuğumdaki bu önemli durağa giden yolu açtı. Anirban Sadhukhan'a rekor bir sürede bu güzel kitap kapağını hazırlamasındaki olağanüstü becerisi için özel olarak teşekkür ederim.

Ve son olarak, lise arkadaşlarıma da bir çift sözüm var. Yeni gelen belirsiz bir öğrenciye açılmayı reddettiğiniz, bunu beş yıl boyunca sürdürdüğünüz, sadece notlara ya da sınav yardımına ihtiyacı olduğunda onu hatırladığınız ve neden arkadaş edinemediğini yüksek sesle merak ettiğinde suçu doğrudan onun omuzlarına yüklediğiniz için teşekkür ederim. Purab ve Pamela'nın inanılmaz hikayesi sizin sayenizde kök saldı.

İçindekiler

Önsöz	1
Avcı	7
Hedef	22
Zemin Değerlendirmesi	27
Yakalandım!	39
Değişen Zeminlerin Değerlendirilmesi	50
Bölgenin İşaretlenmesi	57
Hedefin Değerlendirilmesi	66
Yemin Hazırlanması	77
Ve Tuzak Kuruldu	86
Hedefi Beklerken	96
Hedef Geliyor	109
Göz Kulak Olmak	117
Bekleyiş Biraz Uzun	125
Bazı Rakiplerimiz Var	133
Hedefin Üzerine Çizmek	142
Hedef Yemi Görüyor	149
Hedef Isırıyor	161
Hedef İçeri Adım Atıyor	172
Tuzak Düşüyor	179
Tuzak Daha da Sıkılaşıyor	186
Hedef Mücadele Ediyor.... Ve Sonra Pes Ediyor	194
Görev Tamamlandı	208

Sonsöz 217

Yazar Hakkında *229*

Önsöz

"Uh .... Şey... Uh..."

"Pam..."

"**E**vet, Pam, Pam, hiç hobin var mı? Boş zamanlarında ne yaparsın? Film izler misin? Oyunculuğun .... uh...uh...dünyadaki en iyi meslek olduğunu biliyorsun. En sevdiğin aktör kim, Pam? Benimki Shahrukh. Dünyada ondan daha üstün kimse olmadığını düşünüyorum. Kal Ho Na Ho'yu izlediysen ne demek istediğimi anlarsın. Sen izledin mi? Bu filmde ölmek zorunda kalması çok üzücü.... Ve Filmfare'i alamaması daha da üzücü.... sizce de öyle değil mi? Shahrukh her zaman oyunculuk yeteneğini çok açık bir şekilde gösteren iyi roller seçiyor, öyle değil mi? Sorun ne Pam? Neden bir şey söylemiyorsun?"

Kadın ihtiyatla arkasına baktı. Jitesh Dholakia son bir saattir bu tür saçmalıkları düzenli aralıklarla bu soruyla birlikte dile getiriyordu. Sanki bir önemi varmış gibi bakışlarını tekrar masanın üzerindeki açık kitaba çevirdi ve dalgın bir şekilde 'insan radyosunun' patlamalarını başının üzerinde çevirdi.

"Her neyse, biliyorsun, Hollywood Bollywood'un çok üstünde, bu nihai gerçek. Görevimiz Tehlike ve Örümcek Adam gibi filmleri gördüğünüzde, Müthiş adam! Gerçekten müthiş! Tabii ki orada yarattıkları durumların Hindistan bağlamında taklit edilmesi gerçekten zor. Ama yine de burada böyle aptalca filmler yapmamaları gerektiğini düşünmüyor musunuz? Konu yok, oyunculuk yok, hiçbir şey yok...."

Bu uzun süre kalabilir, diye düşündü dalgınca. Son gelen, adını bile hatırlamıyordu, kısa tek heceli cevaplardan başka bir şey alamadan beş dakika içinde çekip gitmişti.

Pek ilgilendikleri de söylenemezdi. Bu çocuklar bunu ellerinden geldiğince saklamaya çalışsalar da o gerçeği biliyordu. Hiçbiri gerçekten ilgilenmiyordu. Hiçbiri onunla gerçekten arkadaş olmak istemiyordu. Aslında, hiçbiri onunla konuşmayı bu kadar istemezdi, eğer düşünülmemiş bir başarıya ulaşmanın heyecanı, ne kadar saçma olursa olsun hiçbir meydan okumayı reddetmeme bağımlılığı, başkalarına ve muhtemelen kendilerine, üniversitenin neredeyse var olmayan bu parçasını aşmanın bir yolu olduğunu kanıtlama dürtüsü olmasaydı.

"Ve...uh...Adın ne.... Uh...Uh...Sam...doğru Sam...peki ya müzik? Müzik dinlemeyi sever misin? En sevdiğin hangisi? Hem rock hem de caz dinlemeyi severim. Yine de hiçbir şey eski Hint film şarkılarının güzelliğini geçemez. Tüm zamanların favorisi Jeena Yahan...Marna Yahaan..."

Kaşlarını çattı, başı hâlâ kitabın üzerindeydi ve yazmaya devam ediyordu. Şu anda şarkıya ne kadar çok uymak istiyordu, özellikle de son kısma. Ama sonra, adam birkaç dakika içinde çekip gidecekti. O sadece bir baş belasıydı, ikinci bir düşünceye değmezdi. Her iki dakikada bir adını hatırlayamayan bir adam, soğukkanlılığınızı kaybetmeyi hak etmiyordu.

Bu çocukları gerçekten umursadığından değil. Onlar zararsızdı, rahatsız edici sinekler gibi vızıldıyor ve sonunda hızla uzaklaşıyorlardı. Ama şimdi bu kaçıncı kez oluyordu ve sinirlerini bozmaya başlamıştı. Bu adamların, hatta hiçbir erkeğin birlikte görünmek isteyeceği türden bir kız olmadığını her zaman biliyordu. Hiçbiriyle asla güzel bir resim oluşturamayacağını biliyordu. O halde neden herkes bu aşılmaz gerçeği 'kanıtlamak' için can atıyordu, daha çok da kendilerine? O öyle bir tip değildi; bunu uzun zaman önce kabul etmişti. Ama görünüşe göre, bu aptalların hiçbiri erkek zihninin sancılarını anlamıyordu, dudaklarına hafif bir gülümseme dokundu.

Bir dereceye kadar bu, kaderin onun hoşgörüsünü test etme şekliydi. Şimdiye kadar kendi sınırları içinde gayet iyi idare etmişti ama ne zaman bu kadarının yeterli olduğuna karar vereceğinden emin değildi. Bu adamlar onu herhangi bir şekilde taciz etmiyordu. Yine de onu rahat bırakmalarını ve kur yapma becerilerini geliştirecek başka birini bulmalarını diliyordu. Aynı eski denenmiş ve test edilmiş cümleler, aynı eski tarzda konuşuluyordu. Arada sırada, sadece birkaç döviz bahanesiyle bunları ona söylemekten kim zevk alıyordu? Ayrıca, aklının bir köşesinde muzip bir düşünce belirdi, eğer hala gelmeleri gerekiyorsa, neden dinlemeye değer, zevkli adamlar olmasınlardı?

Düşüncelerinin sapkınlığı yanaklarını ısıttı ve bu sinir bozucu yaratığın ayak basmasına neden olduğu tehditkâr arenaya zihnini kapatmak için öfkeyle gözlerini satırlarda gezdirmeye ve bunları kendi kendine usulca mırıldanmaya başladı.

Ama gözleri tekrar yukarı kalktı, hala yanında kararlılıkla vızıldayan 'insan radyosuna' değil, sıkışık, aktivite dolu üniversite kantinindeki esintinin yönüne, aniden hız kazanmış gibi görünen yere doğru. Kibirli panter adımlarıyla kantin tezgâhına doğru ilerleyen harika erkek figürüne baktılar. Kahverengi deri ceketi geniş omuzlarını belirginleştiriyor ve diğer yandan açık teniyle hoş bir kontrast oluşturan kahverengimsi siyah gözlerinin ışıltısını yakalıyordu. Ceketin fermuarı açıldığında, gergin göğsünün üzerine gerilmiş, hiçbir yerinde yağ izi olmayan siyah bir yelek ortaya çıkıyor ve yakasında birkaç kıvrılmış keçeleşmiş kıl görülüyordu. Siyah deri pantolon kaslı kalçalarını ve baldırlarını sarıyor ve siyah parlak deri ayakkabılarla son buluyordu. Adamın çeşitli masa ve sandalyeler arasında çevik adımlarla ilerleyişini gözünü kırpmadan izledi. Yakalanan tek göz onunkiler değildi. Kafalar çoktan her masaya çevrilmiş, sert erkeksilik yavaş yavaş büyüsünü yaymaya başlamıştı. Ancak onun bakışları kimseyle karşılaşmadı ve sonunda uzanıp derin bariton sesiyle bir kola isterken kayıtsızca ileride kaldı. İşleri oluruna bırakmak ve karşı cinsi birden fazla yönden etkilememek onun yapacağı bir şey değildi. Adamın gözleri üniversiteli kızın büyüleyici siyah gözlerine kilitlendiğinde ve sonra sarı spagetti iğnesiz üst ve giydiği dar kalçaları saran beyaz mini etekle öne çıkan vücudunun kıvrımlarında takdirle gezindiğinde, gözleri birbirlerinin coşkusuyla dolup taşan hareketli bir sohbete daldıklarında, gülümseyerek ve birbirlerinin uçlarına yapışarak dışarı çıktıklarında bile, tamamen büyülenmiş bir şekilde baktı.

Neredeyse kendi bile fark etmeden, hülyalı bir iç çekiş dudaklarından kaçtı. Tüm bu sahneyi hayal ediyordu ama kızın topuklu ayakkabılarının içinde kendisi vardı. Ya bu doğru olsaydı? Ya yanında o olsaydı ve yavaş yavaş alışmaya başladığı bu tür tatlı saçmalıklardan bahsetseydi?

Yalnız olsaydı kahkahalarla gülerdi. Gerçekten de yakışıklının birlikte kaçtığı o güzel numunenin standartlarını karşılayabileceğini hayal ediyor muydu? Gerçekten de o türden bir adamın kendisine yaklaşabileceğini düşünüyor muydu? Bu üniversitede, karşı cinsten hayranlarının oluşturduğu büyük girdabın içinde, onun her hareketini izleyen, kişiliğini, canlılığını mümkün olan her an fark eden biri olduğunu bilip bilmediği büyük bir kuşkuydu....

Kıpkırmızı kesildi ve neredeyse yerin yarılıp onu yutmasını dileyecekti. Ama hemen ardından içinde bir umutsuzluk, bir özlem belirdi. Bu neden olamıyordu? Neden böyle olmuştu? Neden onun gibi beceriksiz, sessiz, basit insanlara kendileri için belirlenmiş olanın ötesini görme şansı verilmemişti? Kendi istekleriyle hayal kurma gücü? Hayallerini gerçekleştirme yeteneği?

Tekrar iç çekti. Kimi kandırıyordu ki? Böyle bir adamın ona gelmesine imkân yoktu. Asla.

Avcı

Bazı insanlar vardır ki, yeryüzünde hiç kimsenin karşı koyamayacağı güçlü bir karizma büyüsüyle doğarlar ve yine de bunun tamamen farkında değildirler. Bazıları da vardır ki, aslında tek bir zerresine bile sahip olmadıkları halde kalpleri fethetme yeteneklerinin farkındadırlar. Ancak her türlü çekicilik unsuruyla bezenmiş ve dahası kendilerine güvenleri tam olanlar en ölümcül kombinasyonu oluştururlar. Purab Chaddha da bu erkek türüne aitti.

Eczacılık öğrencisi olan Purab, üniversiteye adım attığında, Hintçe'de iç çamaşırı anlamına gelen 'Chaddi' kelimesiyle yakından eşleşen soyadı nedeniyle çok alay konusu olmuştu. Ancak bu saçma mizah, etkileri bir hafta içinde ortaya çıkınca kısa sürede sona erdi. Bu yeni gelenin büyüleyici cazibesi öylesine zehirliydi ve bunu en üst düzeyde kullanmakta öylesine ustaydı ki, kısa sürede tüm muhaliflerinden hayranlık ve saygı gördü. Sevimlilik konusunda onunla boy ölçüşmek şöyle dursun, ona karşılık vermekten bile aciz olan B.T Koleji'nin erkekleri, bıkkınlık içinde ellerini havaya kaldırmış ve onun her kızın kıçını dayamak için can atacağı tek iç çamaşırı olduğunu ilan etmişlerdi.

Çok yakışıklı olmadığı düşünüldüğünde bu biraz garipti. Gerçekten de üniversitenin sunduğu çok daha yakışıklı erkekler vardı. Sade kahverengimsi siyah gözleri, dalgalı siyah saçları, biraz ince dudakları ve küçük kulaklarıyla Purab'ın kampüste takılan yakışıklı erkekler arasında pek şansı yok gibiydi. Yine de bu, sürekli yükselen popülerlik eğrisinde en ufak bir düşüşe neden olamadı. Etkileyici kişiliği, kendini taşıdığı kibar gurur, her hareketini saran gösteriş, herhangi bir kadını bir entrika dalgasına boğmaya ve onu vuran erkek kasırgasının oldukça ortalama görünüşü hakkında düşünmeye bile başlayamadan nefes nefese bırakmaya yeterliydi.

Purab'ın kutsanmış bir şekilde sahip olduğu diğer iki şey ise mükemmel bir incelik bilgisi ve hassas bir zamanlama duygusuydu. Aslında, karşı cinsin üyeleri arasındaki tercihlerinin çoğu büyük ölçüde bu niteliklere atfediliyordu. Purab'ın herhangi bir durumu kurnazca değerlendirme ve ardından neyin söylenmesi gerektiğine, ne zaman söylenmesi gerektiğine, nasıl söylenmesi gerektiğine ve en önemlisi kime söylenmesi gerektiğine tam bir uyum içinde karar verme konusunda esrarengiz bir yeteneği vardı. Sonuç olarak birçok kız onun ellerinden ya da daha doğrusu ayaklarını yerden kesen sözlerinden yedi. Kıskanç rakiplerinin birçoğu Purab Chaddha'nın hala kadınların hayranlık tahtında hüküm sürmesinin en büyük nedeninin bu olduğunu ve üniversitede 'görev süresi' yavaş yavaş sona ermesine rağmen bir süre daha böyle kalmaya devam edeceğini anlayamadılar, çünkü toparlanıp memleketi Chandigarh'a gitmesine sadece bir yıl kalmıştı ve Ludhiana'nın sakin şehrini kasıp kavurmaya gelmişti.

Yeteneklerini geliştirebileceği pek çok durumla karşılaşan Purab, kampüste en fazla sayıda kızla çıkma rekorunu kırmak için daha iyi bir fırsat isteyemezdi. Aslında zaman geçtikçe Purab'ın yetenekleri çözüldü ve genel kişiliğinin bir parçası haline geldi. Öyle ki, kendi niyeti olmaksızın karşı cinsin üyelerini ışıltılı çekiciliğiyle alt etmeye başladı. Farkında olmadan gösterişinin izlerini serpiştirdiği basit bir sohbetin, bazı sessiz, tamamen düşünülemez derecede etkilenmiş kızları büyülediği ve bu hak etmeyen ve duyulmamış büyücü için biraz fazla hayal edilemez duygular barındırdığı durumlar vardı. Eğer tüm hareketleri bilinçaltında gerçekleşiyorsa, bu kılık değiştirmiş şeytanın hedefi olacak kadar şanslı olan kızları nelerin beklediğini tahmin etmek zor değildi. Eğer adam savaşa bizzat katılmaya karar verirse, saldırıdan bir tanesi bile kurtulamayacaktı. Kur yaptığı her türden kız, kimi sümüklü, kimi utangaç, kimi sert, kimi seksi. Bir keresinde en ateşli divalardan biriyle öğle yemeği yerken ve aynı akşam ezeli rakibiyle film izlerken görüldüğünde tüm kolejde bir şok dalgası yankılanmıştı. İki kızın birbirlerini görecek durumda olmamaları bir yana, aralarındaki farklar tebeşirle peynirin farkına benziyordu. Purab Chaddha'nın böylesine zıt kadınların gözüne girmeyi başarmış olması bir mucizeden başka bir şey değildi.

Kesinlikle adamın kendisi için öyle değildi. Kızlara kur yapmak onun ikinci doğası gibiydi, başkaları için şaşırtıcı bir başarı olabilirdi ama onun içinde doğuştan gelen bir yetenek gibiydi. Bunun nedeni, güneşin altındaki herhangi bir kıza ulaşma yeteneğine yalnızca onun sahip olmasıydı. Ve herhangi bir kız derken, herhangi bir kızı kastediyordu. Kızın doğası, tipi, sevdikleri ve nefret ettiklerinin hiçbir önemi yoktu. Purab Chaddha dakikalar içinde onun derisinin altına girebilirdi. Adil cinsiyetin hiçbir üyesi onun için büyük bir zorluk teşkil edemezdi. Çünkü kızları avucunun içi gibi bilirdi.

"Beni bugünlere getiren bu bilgidir," dedi havalı bir şekilde, "Ve bunu öğrenmek o kadar da zor değil. Ama hiç kimse..." derken sesinde belirgin bir gurur vardı, "bunu benim gibi öğrenemez..."

Bir kantin sandalyesine uzanmış oturmuş, kola kutusunu yudumluyor ve tavuklu sandviçini ısırıyordu. Karşısında İktisat öğrencisi, çocukluk arkadaşı ve 'Purab'ın dokunmadığı nadir kızlardan biri olan Aastha Salvi oturuyordu. Yapamadığı için değil, hiç denemediği için. Purab Chaddha kadın olan herkesin ve her şeyin arkasından koşabilirdi ama bunun için o kişinin 'kadın' olması gerekiyordu, bu da Aastha'nın erkek Fatma tavırları ve davranışlarıyla alay etmek anlamına geliyordu. Her zaman kot pantolon ve büyük hacimli gömlekler giyer ve kampüsteki en kabadayı erkeklerle takılırdı. Tanrı'nın kızların görünüşlerindeki eksi noktaları değiştirmelerine izin verdiği lüksler hakkında hiçbir bilgisi olmadığı gibi, kadınlarla uzaktan yakından ilişkili bazı özellikleri edinme konusunda da hiçbir eğilimi yoktu. Ama daha az umursayamazdı. Çocukluğundan beri tanıdığı ve iç çamaşırlarıyla gördüğü Purab Chaddha'dan zerre kadar etkilenmemişti. Üstelik Delhi'de çalışan ve son iki yıldır istikrarlı bir ilişki sürdüren bir erkek arkadaşı vardı.

"Tüm kızlar ne kadar farklı olurlarsa olsunlar, sonuçta erkekler için çekici görünmek ve hissetmek isterler. Onlara biraz ilgi gösterin ve ilgilerini biraz uyandırın.... size balık istifi gibi sarılırlar," diye görkemli bir şekilde devam etti.

Kendisinden iki yaş küçük olan ve Purab'ın yanında çömelmiş, kendini 'chela' ilan eden Charanjeet pahwa 'Cherry', "Guru gerçekten harika," dedi. Son birkaç yıldan beri Cherry, kız arkadaş edinme umuduyla idolünün faaliyetlerini yakından takip etmek ve elinden geldiğince taklit etmek için tüm çabasını sarf etmişti. Bugüne kadar bu görevi başaramamış olması artık kabul etmesini engelleyemiyordu.

Purab ona mutlulukla gülümsedi ve sonra Aastha'ya döndü. Övülmekten zarar gelmezdi, değil mi? Aastha gözlerini devirdi ve sıkılmış bir ifade takındı. Bunların hepsini daha önce defalarca duymuştu. "Hadi ama, kabul et A," diye çıkıştı Purab, "Bu doğanın kanunu...."

"Doğanın kanunu," diye tekrarladı Purab oldukça hırçın sesiyle, "Ama sadece 'senin' gibi kızlar için."

"'Benim' tipim kızlar diye bir şey yok," diye sinirli bir şekilde iddia etti, "Bu kadar başarılı olmamın yarı nedeni de bu. Herhangi bir tipim yok, bu yüzden her tip bana uyuyor."

"Herhangi bir kızın senin tipin olmadığını kastetmedim. Senin bazı kızların tipi olmadığını kastettim." Aastha cevap verdi. Purab takdire şayan bir şekilde sinirlenmişti. Birinin onun otoritesine meydan okuması neredeyse günah sayılırdı.

"Ben bu dünyadaki her kızın tipiyim," diye ilan etti, "Ben bu balıklar için suyum. Balıklar su olmadan ölür." Daha önceki ifadesini tekrarladı.

"Bütün balıklar aynı tür suyla yetinemez..." Aastha karşı çıktı.

"Ya her balık türü için su sürekli değişiyorsa?" Bir kaşını kaldırarak sinsice gülümsedi. "Ya her birine uygunsa, şımartır ve en iyi şekilde bakarsa? Buna kim karşı koyabilir ki?" "Herkes senin düşündüğün gibi aptal değil Purab," dedi Aastha, hiç etkilenmemiş bir ifadeyle, "Senin bu saçmalıklarını, boş vaatlerini, sahte övgülerini anlayabilecek kızlar da var."

Purab huysuzlanarak bir yudum aldı. Bu aptal kadının ne düşündüğü önemli olmamalıydı. Ama bunu bu şekilde bırakamazdı. Bu onun savaşı kazanması anlamına gelirdi.

"Bundan daha büyük bir gerçek, ihtiyaç duyulan tek şeyin bunun üzerinde olan şey olduğudur," dedi, "Daha derine inmeye kesinlikle gerek yok."

"Senin gibi aptalların düşündüğü de bu Purab Chaddha," diye alay etti Aastha, "Bir kızın ihtiyaçları her zaman yukarıda yatan şey olmayabilir."

"Ve hiçbir kız bunu bırakacak kadar aptal değildir," diye yanıtladı Purab, "İster yukarıda ister aşağıda olsun, ben bu gezegendeki her kızın ihtiyacıyım."

"Pah!" Gözlerini kaçırdı, "Bir okaliptüs ağacına tırmanmak maymunun Everest Dağı'na tırmandığını sanmasına neden olur."

"O zaman ağaç bile maymuna aynı zevki verebilecekken Everest Dağı'na ne gerek var?"

Aastha büyük bir şaşkınlıkla geri döndü. Ne aptallık! "Dünyada senden gerçekten etkilenen kızlar olduğuna inanamıyorum." Alaycı bir sempati ile dilini şaklattı, "Ve daha da şaşırtıcı olanı, beyin sahibi olması gerekenlerin onlar olması..."

Purab yarısı yenmiş sandviçini öfkeyle kâğıt tabağa geri fırlattı. Artık canına tak etmişti. "Bak sana ne diyeceğim," dedi, "Everest Dağı'nın ne olduğuna sen karar ver." Purab onun lafını anladığını doğruladı.

Kaşlarını kaldırdı, "Yani henüz oraya ulaşamadığını kabul ediyorsun?"

Bir an için biraz şaşıran Purab hemen dilini geri buldu, "Elbette hayır. Sadece o sinir bozucu ağzını kapatmak için bir yol soruyorum. Kalıcı olarak."

Kadın alaycı bir şekilde sırıttı, "Ve sen de bunu kendi seçtiğin sürtüklerden birine yaklaşıp elini tutarak bana geri dönerek yapabileceğini mi sanıyorsun?"

Adam ona ters ters baktı, "İşte bu yüzden senden kızı seçmeni istiyorum. O 'sözde' zeki balık, benden en ufak bir şekilde bile etkilenmedi." Sanki böyle biri ihtimalin çok ötesindeymiş gibi konuşuyordu.

Gülümsemesi daha da büyüdü, "Ve böyle bir kızın senin sıfır watt'lık cazibenin ışığı altında gerçekten sersemleyeceğini mi düşünüyorsun?"

Başını küstahça geriye attı, "Dahası, benimle çıkmaya evet demeden önce bir dakika bile düşünmezdi. Bu da ne demek istediğimi kanıtlar." Parmaklarını şıklattı ve işaret parmağını Aastha'nın yüzüne doğrulttu.

Aastha'nın gözü hiç de korkmamıştı, "O zaman meydan okuyorum. Seçtiğim bir kıza kur yapman ve onu seninle çıkmaya ikna etmen için sana meydan okuyorum. Ve gerçekten de onunla çık." Sesinde alaycı bir ton vardı.

Bir kaşını kaldırdı, "Bununla ne demek istiyorsun?" Huysuzca sordu.

"Yani verdiğin sözlerin de kendin gibi boş olduğunu biliyorum Purab Chaddha. O kızla gerçekten bir randevuya çıkmadıkça ve randevu boyunca onun sana olan ilgisini sürdürmeyi başaramadıkça, Majesteleri," başını boş yere kaldırdı, "ikna olmayacaktır."

"Ohh..." Purab yüzünü buruşturdu, "Kaybettiğinde ve Purab Chaddha'nın onuruna karşı tek kelime etmediğinde sözünün ne kadar etkili olacağını göreceğiz. Bak ne diyeceğim," diye parmaklarını şıklattı ve işaret parmağını tekrar kızın yüzüne doğru uzattı, "Randevu bittikten sonra bile benimle ilgilenmeye devam edecek. Hatta üniversite hayatı bittikten sonra bile."

"Yani, bu bir bahis mi?" Elini uzattı.

Purab, "Elbette," diyerek elini uzattı. Bir bahisten söz edilmesi, bu iğrenç, belirsiz kadının inançlarını değiştirmek için değerli zamanını harcaması için ona bir neden daha vermişti.

"Bunda ne var?" Cherry tüm bu drama boyunca ilk kez konuştu. Tarihi bir olaya tanıklık eden biri olarak kendi katkısını sunma ihtiyacı hissetti.

"Şey...." Purab tereddüt etti. Şu sıralar biraz parasızdı ve hafta içinde parasını dökmek zorunda kalacağı birkaç randevusu vardı. Kendine güveni sarsılmış değildi ama bu sürtüğün kendi liginden birini seçme ihtimali vardı ve bu da onu sonuna kadar itme yeteneğine sahipti. Çok fazla kaybetmeyi göze alamazdı ve bu gerçeğin ortaya çıkmasına da izin veremezdi. Bir uzlaşmaya varmak zorundaydı. "Şey..." diye yeniden başladı.

"Oh, gerek yok." Aastha küçümseyici bir el salladı, "Bunun o kudretli egon üzerinde bırakacağı çukur benim için yeterli bir zafer olacaktır."

Kadının sözleri onu daha da öfkelendirdi. Uğruna iflas etse bile bu bahsi kazanacaktı. "Ama kazanırsam," dedi sertçe, "yeteneklerim hakkında asla yorum yapmayacaksın."

"Tamamdır." Gözlerinde parıldayan bariz bir eğlenceyle cevap verdi.

"Tamam o zaman." Sandalyesinin üzerinde hafifçe döndü, böylece ikisi de kantini dolduran kalabalığın çoğuna bakacaktı, "Seçimini yap..." Aastha gözlerini kız ve erkeklerden oluşan geniş bir yelpazede gezdirdi, alnı derin bir kaş çatmayla buruştu. Purab da kaşlarını çatarak onun bakışlarını takip etti. Şanslı kız kim olacaktı?

Aastha bir masanın etrafında oturmuş, birbirlerinin kulaklarına bir şeyler fısıldayan ve kıkır kıkır gülen bir grup kızın önünde durdu. Purab'ın dudaklarında kısa bir gülümseme belirdi. Her birini tanıyordu, her biriyle en az bir kez dışarı çıkmıştı ve her birinin tekrar yayın için can attığından emindi. Bu olasılık karşısında sinirleri heyecanla doldu. Bu bahsi kesinlikle kazanacaktı.

Ama Aastha başını çevirdi. Biraz hayal kırıklığına uğrayan Purab gözlerinin yönünü Aastha'nınkilerle eşleştirerek kantinin diğer tarafından içeri giren orta yaşlı Biyokimya profesörüne baktı. Kesinlikle olmaz! Zihni yarı panik, yarı isyan içinde yükseldi. Sınıfta kalmak gibi bir niyeti yoktu ve Tanrı aşkına, bu kadın onun annesi olacak yaştaydı. Eğer bu hilebaz ona el kaldıracaksa, buna itiraz edecekti.

Purab bu kesin karara varmadan önce Aastha bakışlarını çoktan kaçırmıştı bile. Purab şimdi onu ileride sıcak kahve eşliğinde gülüşen ve sıcak bir sohbeti paylaşan bir çifte sertçe bakarken buldu. Yüzünde alaycı bir yarım gülümseme belirdi. Parminder Dhanoa'nın kızı gerçekten de bir parçaydı ama o adama acımış ve onun için herhangi bir yem hazırlamamıştı. Şu anda bile hiç şansı yoktu; Purab, erkek arkadaşından onun hakkında ilk elden bilgi edindiği için şimdi onu daha da iyi düzleştirebileceğinden emindi. Aastha onu seçerse, zaten hiçbir zaman sahip olmadığı kazanma şansından gerçekten de vazgeçmiş olacaktı. Bu Purab için çocuk oyuncağıydı ama içten içe o kadar ileri gitmek zorunda kalmamayı diliyordu. Kız kolay bir avdı ama Parminder bir arkadaştı ve gururunu yenemediğini kabul etse de bunu onun için mahvetmek istemiyordu. Yine de, kaçınılması mümkünse herhangi bir tatsızlıktan uzak durmak istiyordu.

"Tamam, onu aldın," diye çınladı Aastha'nın sesi yanında. Döndü ve onu kantinin diğer ucunda uzaklara bakarken buldu. Birkaç dolu masanın ortasında, ince, orta boylu, bronz tenli bir kızın oturduğu bir masa vardı ve gözleri başka bir yöne doğru birini arıyordu. Üzerinde rengârenk desenli beyaz bir atlet vardı ve bu atlet iri göğüslerinin üzerinde sallanıyor, ince belinin üzerinde son buluyor, buradan da bronzlaşmış kıvrımlı bacaklarını fazlasıyla ortaya çıkaran daha ince siyah bir etek başlıyordu. Purab'ın kalbi yerinden fırlayacak gibi oldu ve gözleri neredeyse yerinden fırlayacaktı. Hey, kimdi o? Ama bunun bir önemi yoktu, arayışı kesinlikle sona ermişti. "Tamam," diye mırıldandı bastırılmış bir heyecanla ve hazırlandı. Kendisine meydan okumaya cüret ettiği için yanındaki kaltağa teşekkür edeceğini hiç düşünmemişti. Ama kaderin gizemli bir şekilde hareket etmek gibi bir hüneri vardı. Tam ayağa kalkacaktı ki kadının sesini tekrar duydu: "Nereye bakıyorsun öyle, seni Multibrand Romeo?"

Kaşlarını çatarak ona doğru döndü. Kadın ona alaycı bir gülümsemeyle baktı: "Senden de başka bir şey beklemezdim zaten. Umarım son zamanlarda görüşün zayıflamamıştır. Aptal güzellerinin hepsinin kalbi teker

teker kırılacaktı." Öfkesi yükselen Purab, sakince ona bakmaya devam etti. Keşke, diye düşündü öfkeyle, keşke bu insanoğlu görünüşte bir kadın bedenine sahip olmasaydı...

"Onu kastetmiştim," diyerek elini kaldırdı ve uzağı işaret etti. Purab'ın kafası daha önce yanlışlıkla müstakbel avını gördüğü yöne doğru döndü. Gözlerini onun ötesindeki boş masalara dikti ve sonunda en uzakta oturan figürü fark etti.

Orta boylu, soluk benizli, zayıf bir kız, başını eğmiş, bir defterin içine bir şeyler karalıyordu. Uzun kahverengi saçları beyaz bir bantla yukarıya doğru toplanmıştı ama birkaç tutam saç kaçmış ve yüzüne dağılmıştı. Daha da eski solmuş bir kot pantolonun üzerine eski görünümlü kirli beyaz bir kurta giymişti. Ayaklarında basit siyah sandaletler vardı. Kalın siyah kenarlıklı iki büyük yuvarlak gözlük çerçevesi gözlerinden daha fazlasını kapatıyordu, eğilmiş, bir saatten fazla bir süredir masasının üzerinde duran çalışma materyaline yoğun bir konsantrasyonla bakıyordu. Kendini tamamen işine vermiş bir şekilde oturuyor, yazarken hafifçe kaşlarını çatıyor ve yanında duran karton bardaktan birkaç yudum alıyordu. Uzaktan bile hiç makyaj yapmadığını, ruj bile sürmediğini ve dayanılmaz havanın yüzünü daha da harap ettiğini, ter çizgilerinin yüzünü kapladığını görmek mümkündü.

Purab birkaç dakika boyunca bakmaya devam etti ve sonra kaba bir şok ifadesiyle Aastha'ya döndü. Biraz sarsıldığını hissederek sesine hakim olmaya çalıştı ve bir şekilde sert bir "Hayır" çıkarmayı başardı.

"Neden?" Aastha alaycı bir gülümsemeyle sordu, "Sorun nedir?"

Kendi tuzağına düşmüş olmanın verdiği batma hissinin farkına vararak ona ters ters baktı ve tısladı, "Yapamam."

"Peki neden?"

"Yapamam işte," diye tersledi, "Başka birini seç."

"Ben seçtim," dedi biraz sert bir sesle.

"Başka birini seç dedim," dedi öfkeli bir şekilde.

"Bunu neden yapayım?" Kız ona kısık gözlerle baktı, "Az önce herhangi bir kızı eritebileceğini söylemedin mi? Umarım bunun bir kız olduğunu biliyorsundur."

"Evet! Ama..." diye durdu.

"Ama ne, Purab Chaddha?" Aastha, "Bana o kızın senin tipin olmadığını mı söylemeye çalışıyorsun?" diye sordu.

"Elbette hayır," diye karşılık verdi, "Benim bir tipim yok."

"O zaman?" Başını eğdi ve ona yan gözle baktı, "Sorun nedir?"

"Sana bir kız seçmeni söyledim..." diye başladı ama yine durdu.

"Ve bu bir kız değil mi?" İddia etti.

"Evet ama... Yani..." diye duraksadı, düşüncelerini kelimelere dökmekte zorlanıyordu. Onun seçiminin bu kadar şok edici olmasını hiç beklemiyordu. Herhangi bir kız dediğinde, herhangi bir kızı kastetmişti. Ama bir kızı kastetmişti... kim... kim... var mıydı? "Lütfen." Mırıldandı.

Başını sertçe salladı, "Karar verildi."

"Ama..." yine nutku tutulmuştu.

"Yani yenilgiyi kabul ediyorsun, öyle mi?" Dudaklarında muzaffer bir gülümseme belirdi, "Purab Chaddha'nın ulaşamayacağı bir kız türü olduğunu kabul ediyorsun, öyle mi?"

"Hayır," diye hemen söze girdi ama bir neden bulamayınca yine söndü.

"Hey adamım! Bu harika," dedi Aastha omuzlarını kibirle kaldırarak, "Purab Chaddha ile girdiğim bir iddiayı daha başlamadan kazandım."

Purab hiçbir şey söylemedi, içi içini yiyordu. Bu oyunbozana güvenerek kolay bir zafer için böylesine adaletsiz bir yol bulabilirdi.

Kızı fark eden Cherry yalvarırcasına ona döndü, "Bunu yapıyor olamazsın...", "Merhamet et," diye mırıldandı ve Purab'ın şaşkınlıkla ona bakmasına neden oldu. Kendi kendini mürit ilan eden kişi onun hünerlerinden şüphe mi duyuyordu?

Aastha sadece başını salladı, "Anlaşma anlaşmadır. Birini seçmekte özgür olduğumu söylemiştin. Şimdi ya devam edersin ya da yanıldığını kabul edersin."

"Ama..." Purab tedirgin bir şekilde başladı. Henüz bitmemişti. Bu işin kendisini aştığını söylememişti ama bundan çok da uzak değildi.

"Siz erkekler gerçeği kabullenmekte neden bu kadar zorlanıyorsunuz anlamıyorum," diyerek tiksintiyle gülümsedi ve kendisine bakan iki adama baktı: "Apaçık gerçek. Ama hayır, önyargılarınıza ve sahte gururunuza dayanarak şekillendirdiğiniz gerçek olmak zorunda. Bir tür manyak gibi, defalarca yanıldığınız kanıtlanmasına rağmen hepiniz bu gerçeğe tutunuyorsunuz. Sizin için bir şey gerçektir çünkü onu siz söylediniz. Nokta," diye böbürlendi, "Ama bu ....."

"Yeter!" Purab ona ters ters baktı, "Tamam, iyi. Ben yaparım."

Cherry şaşkınlıkla ona baktı. Purab gözünü bile kırpmadan ayağa kalktı, "İyi şanslar," dedi Aastha alaycı bir tavırla. Purab ona sertçe kaşlarını çatma arzusunu bastırarak arkasını döndü ve yavaşça ona doğru ilerlemeye başlayan sözde avını gördüğünde kendine olan güveninin sarsıldığını ve içini bir belirsizlik kapladığını hissetti. Ne olacaktı ki?

Oh, ne olacaktı ki, bahis bahistir ve şimdi geri adım atmasına imkân yoktu. Kaybetse bile, bir devekuşu gibi kafasını kuma sokmaktansa savaşarak ölmek çok daha iyiydi.

Hedef

Purab Chaddha'nın kolej aygırı olarak 'görev yaptığı' süre boyunca her türden kızla tanıştığını söylemek abartı olmazdı. Bu kızın ait olduğu grupla da hiç uğraşmamıştı. Gelin alışverişinin bir parçası olarak aileleriyle birlikte kapılarını çalıncaya kadar erkeklerden uzak durmayı aile geleneği haline getirmiş yalnız, mütevazi, sade kızlarla gülünç boyutlara ulaşan ama bir yandan da onlara bakış atarken içten içe soluk alıp veren kızlarla. Tüm zevklerden yoksun hayatlarının sıkıcı ve olaysızlığı dışında söyleyecek tek bir sözü olmayan ama kendilerinden bahsedildiğinde yüzleri kızarıp burunlarını tiksintiyle kırıştırarak mükemmel bir görüntü sergileyenler. Kadın olduklarına ve Tanrı aşkına güzel kadın olduklarına dikkat çekmek için ya hiçbir şey yapmayan ya da tamamen aptalca yarım yamalak girişimlerde bulunan ve bunu oldukça başarılı bir şekilde yapabilen kadın türlerine kıskançlık içinde oturup merakla bakan. Çiftleri ve öpüşmeleri gördüklerinde gözlerini onaylamaz bir şekilde kaldıran ve sonra rüyalarında kendilerini çok daha uzlaşmacı pozisyonlarda gören kadınlara. Bir erkek onlara yaklaşmaya cüret ettiğinde kültürün inceliklerini haykırmaya başlayan ve hayatlarının geri kalanı boyunca neden diğerleri gibi başlarını döndüremediklerini merak etmeye devam edenler. Başka bir deyişle, tam bir 'behenji'.

Ancak Pamela Chopra'nın ünlü ya da daha doğrusu kötü şöhretli olduğu tek şey bunlar değildi. Göze batmayan, dikkat çekmeyen bir Psikoloji Yüksek Lisans öğrencisi olan Pamela Chopra'nın BT'deki üç yıllık hayatı bir sınıftan diğerine, evden üniversiteye koşuşturmakla geçmişti. En sevdiği eğlence yazmaktı. Şiirler, limerikler ya da öyküler yazmak değil. Notlar yazmak. Sınıfta notlar, kütüphanede notlar, kantinde notlar. Öğretmen daha ağzını açmadan kalem elinde hazır olurdu. Anma töreninden beri tüm grup arkadaşları arasında dolaşan basılı notlar için bu kadar çok ne yazması gerektiği merak konusuydu. Ama o üniversiteye girdiği ilk günden beri bu alışkanlığını sürdürmüştü.

Nelerden oluştukları hakkında hiçbir fikri yoktu ama bu notlar onun olaysız kariyer seyrinin listelerin en üst sıralarında istikrarlı bir platoda pürüzsüz bir şekilde ilerlemesini sağladı. Bu notlar aynı zamanda belki de bunca zaman içinde edindiği tek tanıdıklar olma özelliğini de taşıyordu. Pamela yalnızlığı seven biriydi. Hiçbir meslektaşı ya da öğretmeniyle ilişkileri aslında gergin olarak adlandırılamayacak olsa da, daha somut bir tanımlama gerektirecek kadar güçlü değildi.

Sabah 8.30'daki derslere 8.15'te tek başına gelir, iki boş sıranın arasına oturur, ders aralarında sessizce kütüphaneye gider, akşamları da kantindeki daimi köşesine kurulur ve çok sevdiği notlarını not almaya başlardı. Sıradan bir üniversite öğrencisinin düzenli aktiviteleri hakkında ise kimsenin bilgisi yoktu. Pamela Chopra her zaman diğerleri arasında farklı bir öğrenci olmuştu. Seçkin bir öğrenci değildi. 'İçine kapanık' bir öğrenciydi.

Erkekler için Pamela hem bir gizem hem de bir eğlence kaynağıydı. Görünüş açısından orta halli sayılırdı ve kuşkusuz..... o kadar da yakışıklı olmayanlara göre elde ettikleri küçük avantajın hakkını vermek için hiçbir ilgi ya da fırsat bulamadan doğan kadınlar sınıfına aitti. Sessiz ve kaybolmuş yüz ifadesi, uysal ve bastırılmış kişiliği ve karşı cinsten herhangi bir üyeyi kendi dünya çerçevesine merhaba seviyesinden daha fazla kabul etme konusundaki isteksizliği de yardımcı olmadı. Tüm BT'de, Pamela'ya ilgi duymak bir yana, onda sıkıcı bir kitap kurdunun ötesinde bir şey gören tek bir erkek üye bulmak gerçekten zordu. Kızın kendisi de sıkılabilir bir limon değildi. Onu şaka ya da bahis yoluyla kendisiyle çıkmaya ikna edebilmiş tek bir erkek bile yoktu. Ancak zaman geçtikçe, erkekler gerçek zamanlı flörtün daha heyecanlı, köpekbalıklarıyla dolu sularına dalmadan önce onu uygun bir 'hedef alıştırması' aracı olarak bulmuşlardı. Defalarca terslenmesine rağmen, kantinde her gün yeni bir erkek onun yanında beliriyor ve inanmasını istediği şeye onu inandırmak için elinden geleni yapıyordu.

Bugüne kadar hiç erkek arkadaş edinmemiş olması, hatta tek bir randevuya bile çıkmamış olması Pamela'nın hayatını, üniversitenin tüm 'normal sakinlerinin' katılması beklenen bazı 'sosyal toplantılarına' katılmasını imkânsız hale getirmesi dışında büyük ölçüde etkilememişti. Pamela'nın en büyük sıkıntısını ön plana çıkaran şey, refakatsiz gelmeme zorunluluğuydu.

Yeniler balosunda son sınıf öğrencileri tarafından tartaklanmaktan kurtulmuş, 'Breeze Ben'deki Sevgililer Günü partisinde DJ'in çaldığı parçaların hiçbirini bilmiyordu, Gül Günü'nde kimse onu yanında görmeyi özlememişti ve her zamanki gibi bir önceki yılbaşı gecesini yatağında zzzzz'ler arasında geçirmişti. Ancak bu durum, kızın kendisini bu partilere girmesini sağlayacak bir duruma sokmak için yarım ya da tam pişmiş herhangi bir girişimde bulunmasını hiçbir şekilde teşvik etmedi ya da ilham vermedi. Her zamanki gibi sessiz, gizli ve fark edilmeyen biri olarak kaldı ve kolejdeki uygun erkeklerin ona ikinci bir bakış atmasına izin vermedi.

Hayatında çıkma teklifi aldığı tek olay 1. sınıf balo gecesiydi. Her zamanki gibi bir randevusu yoktu ve Ritesh Dogra, kendi kız arkadaşının da şehir dışında olduğunu ve partiye gitmeyi çok istediğini göz önünde bulundurarak ona yaklaşmıştı. İyi görünümlü, terbiyeli bir adamdı ve bir Optra'sı vardı. Ancak Pamela'nın gözünü bile kırpmadan kibarca partiye gitmemeyi tercih ettiğini söylemesi, birilerinin acıma duygusunun nesnesi olarak ortaya çıkmaktansa partiye hiç gitmemeyi tercih ettiğini söylemesi ve bu cüretkârlığıyla kolejde kendi türünde bir öfke yaratması hiçbir şeye yardımcı olmamıştı. Aslında Purab'ın onun adını ve bu koleje ait olduğunu bilmesinin nedeni de buydu.

Kız not tutmaya dalmış bir halde, en azından önümüzdeki birkaç dakikayı nasıl geçireceğine dair kurulan komplodan tamamen habersizken, Purab ona derin derin baktı. Kabul etmek zorundaydı ama onu kendisiyle çıkmaya nasıl ikna edebileceğini bir türlü kestiremiyordu. Onunla çıkmak mı? Purab bu fikirden korkmaktan çok iğrenmişti. Onunla ve burada ölü olarak görülmek istemeyeceği türden bir kızdı......

Yine de Purab Chaddha'nın tipi yoktu ve zaferin tadı her zamankinden daha tatlı olacakken acı bir şey denemek iyi bir öneriydi. Kendini toparlayarak, ne kadar süreceğini merak ettiği masasına doğru rahat adımlarla yürüdü.

Zemin Değerlendirmesi

"**B**uraya oturmamın bir sakıncası var mı?" diye sordu. Kadın başını kaldırdı ve merakla ona baktı. Cevap beklemeden karşısındaki sandalyeyi çekti ve üzerine oturdu. Kadın birkaç saniye ona baktı ve sonra omuz silkti. "İstediğimi söylersem gider misin?" dedi ve defterine geri döndü.

Purab biraz şaşırmış bir halde ona baktı, bu söz onun ilgisini söndürmek yerine daha da artırmıştı. Kırılması kolay bir ceviz olmadığını anlayabiliyordu, biraz daha temkinli olması gerekiyordu. "Ama yapmadığınıza göre, yapmadığınızı varsayıyorum" diye karşılık verdi sinsice gülümseyerek. Kadın hiçbir şey söylemedi. Birkaç saniye sessizlik içinde oturdular. Kadın sayfaları çevirmeye, kitabın altını çizmeye ve arada bir yanındaki deftere bir şeyler karalamaya devam etti. Adam nasıl başlayacağını merak ederek ona baktı. Kadın birkaç saniye içinde açıkça reddedecek bir tipe benziyordu ve başka durumlarda pek de umurunda olmazdı ama...... belki de en iyi söylem çok açık olmadan dolambaçlı olmaktı.

"Ne kadar büyüleyici bir hava..." diye yorum yaptı. Kadın ona bakmadı bile. "Güneş batmak üzere, bulutlar geziniyor, kuşlar ağaçlarda mutlu bir şekilde cıvıldıyor, rüzgâr," derin bir nefes aldı, "açan çiçeklerin kokusuyla taze, yaklaşan yağmura dair hiçbir işaret yok.

Mutlu olmak için, canın ne isterse onu yapmak için, hayattan en iyi şekilde yararlanmak için hava böyle..."

"Kendi işine baksana..." dedi gözlerinin içine bakarak ve sonra kitabına geri döndü. Adam ona baktı, öfkesi yükselmeye başlamıştı. En azından, dedi kendi kendine, bu onun onu dinlediği anlamına geliyordu.

"Benim işim," dedi sakin bir sesle, "insanların ne yapmaları gerektiğini görmelerini sağlamak." Bu onun başını kaldırmasına neden oldu. "Peki bunu nereden biliyorsun?" diye sordu açık açık. "Yapacak daha iyi şeyler varken en azından kimsenin bütün akşam kantinin bir köşesine tıkılmaması gerektiğini biliyorum."

"Sen kim oluyorsun da tanımadığın insanlar için neyin daha iyi olduğuna karar veriyorsun? Her zaman en iyisini bilen benliktir." Kadın iddialı konuştu.

"Aha!" diye konuştu, "öznenizin sancıları," parmaklarını kitabının üzerinde gezdirdi, ona gülümsemeye devam etti, "Bazen, her şey yüzeye döküldüğünde ne istediğini bilmek için zihnin içini bilmenize gerçekten gerek yoktur. Ama birini tanımak için önce adını bilmeniz gerektiğini biliyorum. Merhaba, ben Purab Chaddha." Kız donuk bir ifadeyle, "Adını bilmem için senin söylemene ihtiyacım yok," diye cevap verdi, "Ama benimkini bilmen gerektiğine eminim. Adım Pamela Chopra."

Bunu daha önceden biliyordu. Ama aynı şeyi kıza söyleyemez ve onu kendi seviyesine getiremezdi.

Kimseye Purab Chaddha'nın kim olduğunun söylenmesine gerek yoktu.

"Ve bilmek konusuna gelince..." diye devam etti. "Gerçekten bu kadar zor mu?" diye kısa kesti. "Ne?" Kadın şaşkınlıkla sordu.

"Adınızı bilmeleri gerektiğini düşünen insanlara karşı biraz daha dostça davranmak mı?" Vay canına! Çok iyiydi, Purab. Güzel bir vurucu cümle, "Kitaplarınızı okumadan da biliyorum ki, içe dönük olarak adlandırılan insan tipi, ne kadar seyrek olursa olsun, arkadaşlığa ihtiyaç duyar. Hiç kimse kendi başına bir ada değildir.....uh..." Gerisi neydi? Oh kahretsin! Bu canavarca atasözlerini asla doğru anlayamazdı.

"Eh, benim 12'mde de sizin konunuzdan biraz vardı." Kız şimdi biraz hüzünlü de olsa gülümsüyordu ama Purab kendini çarpılmış buldu. Bu kızı daha önce hiç dudakları kalkık görmemişti ve bunun iyi bir değişiklik olduğunu kabul etmek zorundaydı. "Bir araya geldiklerinde her şey daha iyi bir şeyle sonuçlanmaz," diye devam etti kız, "Felaketler de vardır."

"Ama yine de bir tepki vardır," diye karşı çıktı, "İki şey bir araya geldiğinde, ister iyi ister kötü olsun, her zaman bir etkileşim olur. Bu doğanın kanunu. Bu dünyada gerçekten hareketsiz hiçbir şey yoktur. Belki Mars'tan gelenler hariç. Sen oraya mı aitsin?"

Bunun üzerine genişçe gülümsedi ve ona düzgün sıralanmış beyaz dişlerini gösterdi.

"Bu daha iyi," diye sırıttı, "Birini tanımak bu kadar kolay, anlıyor musun?"

"Öyle mi?" Kaşlarını kaldırdı, "Deneklerim bana ebedi gerçeği söyledi bayım, bu üniversiteye katıldığım ilk gün. Bu dünyada hiç kimseyi tanımak gerçekten mümkün değildir. İster Mars'tan ister Venüs'ten olsun..."

Bu ilginçti, başka bir kız olsaydı şimdiye kadar telefon numarasını verirdi. Kız defterine birkaç satır daha not alırken, "Bunun ötesine pek geçmedin, değil mi?" diye yorum yaptı. Tekrar durdu, "Ne demek istiyorsun?" Sinirli bir şekilde sordu.

"Tıpkı üniversitenin ilk günündeki gibi, şu anda bile buradaki hiç kimse hakkında hiçbir fikrin yok, senin için ne ifade ediyorlar, senin hakkında ne düşünüyorlar. Bir çaylak kadar iyisin."

Yazmasını engelleyebilecek bir şey varsa o da buydu. Ve öyle de oldu. Kalemini bıraktı ve ona ters ters baktı. İnsanın gururuna vurmanın basit bir numarası.

"Burada psikolog benim bayım. İnsanların aklından geçenleri bilmek benim işim," dedi sertçe. Kadınlar çok zıttı! Bir yandan bu dünyada kimseyi tanımıyordu, diğer yandan...

"Hiç kimseyle iletişim kurmadan bunu nasıl yapabildiğinizi anlayamıyorum. Aslında bunu yapabilecek tek bir kişi var ve o da..." başını kaldırıp baktı, "orada oldukça iyi yerleşmiş durumda."

"Ben de hayatında benimle hiç konuşmadan benim hakkımda nasıl bu kadar emin olabildiğini öğrenmeyi asla başaramam" diye karşılık verdi.

Purab Chaddha'nın insanları tanımak için onlarla konuşmasına gerek yoktu. Ama o zaman bunu söyleyemezdi. O zaman kendisiyle çelişen o olurdu.

"Şu anda seninle konuşuyorum," dedi yavaşça. "Elbette! Bunca zamandır bana söylediğin tek şey, kapsamı hakkında en ufak bir fikre sahip olmadan bilgimin yetersizliği. Senaryonun tamamını anlamadan hakkımda her türlü yargıda bulunuyorsun."

Vay be! Bu biraz fazla ileri gidiyordu. Eğer onu daha fazla kızdırırsa, o lanet bahsi asla kazanamayacaktı.

"Anlaşıldı sayın yargıç," diye gülümsedi, "Bu iddiaları çürütmek için bir şeyler yapmaya ne dersiniz?"

"Ha?" Kafası karışmış görünüyordu.

Bu zirvedekiler yeryüzündeki en beyinsiz insanlardan biriydi. Ama cidden, onun bunu anlamasını bekleyemezdi.

"Bana ne kadar yanıldığımı söylemek istemez miydin?" diye detaylandırdı, "her şeyin aslında düşündüğüm gibi olmadığını göstermek için? Bana bir şans vermeye ne dersin?"

Gözlerini kıstı, "Sen buna değmezsin." Tısladı.

Bu ne cüret! Hiç kimse Purab Chaddha'ya bunu söylemeye cesaret edememişti. Kim olduğunu sanıyordu ki?

"Ve benim hakkımda nasıl bu kadar emin olabiliyorsun? Beni tanımıyorsun bile." diye kendi satırlarını ona fırlattı.

Başını tekrar defterden kaldırdı, "Seni tanımak istemiyorum." Dedi.

Buna daha fazla dayanamadı. Neden yapsın ki?

"Çünkü" diye başladı usulca, kadın yazmaya devam ederken, "bu dünyada kimseyi tanımak mümkün değil?"

Kadın ona baktı. Yavaşça, isteksiz bir gülümseme dudaklarından süzüldü. Yaşasın! Yolumuza geri döndük. İyi gösteri.

Kısa bir kahkaha attı, "Ben kazandım," dedi, "Haklıydım, değil mi? Bir taze kadar iyisin."

Kadın donuk bir şekilde gülümsedi, yavaşça omuz silkti ve sonra yazmaya geri döndü. Purab tamamen şaşırmış bir halde ona baktı. Bir an biraz ilerleme kaydettiğini düşündü ama sonra hiçbir yere varamadı. Bu kızın nesi vardı böyle?

Kız bir sayfa daha çevirirken boğazını temizledi, "Dediğim gibi, o kadar da zor değil, işinin bu kısmını biliyorsun..."

Kız bir şey söylemedi. Neden bu kadar ileri gitmişti ki? Belki de hemen "Selam bebeğim. Bir yerlere gitmek ister misin?"

"Denememiş olabilirsin, ebedi gerçeği düşünerek..." sıkılmış bir ifadeyle gözlerini ona dikti. Çabuk! Hızlı hareket etmeliydi.

"Aslında sana bunu yapmanın en kolay ve en hızlı yolunu söyleyebilirim... belki yardımcı olabilirim..." diye ekledi aceleyle.

"Evet?" Biraz baktı ama yine de biraz ilgiliydi.

"Başkalarını tanımanın en iyi yolu kendinizi tanıtmaktır. İnsanlar sizi tanıdığında... siz de onları tanırsınız."

Gözlerini devirdi ve kitabına geri dönmek üzereydi ki sözünü kesti, "Hayır cidden, başkalarını tanımak için önce onların sizi tanımasına izin vermelisiniz. İnsanlar sadece tanıdıklarına açılırlar. Tıpkı senin bana bir şey söylemediğin gibi, çünkü beni tanımıyorsun."

"Neden seni tanımak isteyeyim ki?" diye sordu. Hayatta kalmak için mi? Öfkeyle düşündü. Neden kimse onu tanımak istemesin ki?

"Bu çabaya değmez...."

"Ne?" Şaşırmıştı.

"Kızgın olmadığın halde bana kızgınmış gibi davranmaya" dedi sakince, "Burada tek yaptığım basit bir sohbete tutunmak...."

"Neden buradasın?" "Ne için?" diye sordu.

"Sana söyledim, insanlara ne yapmaları gerektiğini söylemek benim işim."

"Peki neden hepsinin arasından beni seçtin?"

"Çünkü," diye sinsice gülümsedi, "sen buna değersin."

Dünyada hiçbir kadın övgü almaya karşı koyamazdı ve o da bir istisna değildi. Gülümsedi ve sonunda kalemini masadaki defterin yanına koydu. Güzel, bir yerlere doğru gidiyorduk.

Sandalyeye sırt üstü uzandı. Gözlüklerini çıkardı; eliyle yüzünü sildi. "Bak," diye başladı yeniden dik oturarak, "sana kızgın değilim. Sadece..."

"Bu dünyada kimseyi tanımak mümkün değil," diye alıntı yaptı.

Kadın ona baktı ve sonra biraz kızararak başını eğdi. Adam sırıttı. Kendi tuzağına mı yakalanmıştı?

"Gizlenmenin, gölgelerde saklanmanın ne anlamı var?" "Neden kendini bu kadar uzakta, diğerlerinden bu kadar ayrı tutmak zorundasın?" diye sordu.

"Lütfen, yine mi!" Yüzünü buruşturarak söyledi. "Başkaları hakkında yeterince şey biliyorum; bu tür bir şey yapmama gerek yok." İddia etti.

"Peki bu nasıl mümkün olabilir?" diye karşı çıktı, "Kimseyi tanımak istemiyorsan."

"İstiyorum," diye karşılık verdi, sinirli bir şekilde, "Sadece..."

"Bu kadar mücadele etmene gerek yok, biliyorsun." Ona gülümsedi, "O kadar da zor değil...."

"Şimdi ne olacak?" Kız ona hışımla baktı.

"Birinin dikkatini çekmek. Bunun için her şeye sahipsin."

"Peki bunu neden yapmak isteyeyim?" Yorgun bir şekilde arkasına yaslandı ama soluk bir gülümseme verdi.

"Tabii ki, karşındakini tanımak için. O kadar da kötü değilim, dene beni..." ona göz kırpmak istedi ama kendini kontrol etti. Sonra sırıttı ve boştaki eliyle defteri kapattı. Yipee! İlk engel aşıldı.

"Eğer istersen insanlar sana ilgi göstermeye hazırdır. Önce seni tanımalarına izin vermeden birini tanıyamazsın," diye tekrarladı, "Neden dışarı çıkmıyorsun, diğerleriyle tanışmıyorsun, burada olan anları en iyi şekilde değerlendirmiyorsun? Bunun için çok fazla bir şey yapmana gerek yok..."

"Hem neden bu kadarını yapayım ki?" dedi basitçe, "Sırf başkaları beni tanısın diye mi? Gerçek ben olmadığım halde neden bu tür taktiklere başvurayım? Eğer insanlar beni tanımak istiyorlarsa, beni olduğum gibi kabul etmeliler." Başını boş yere kaldırdı, "Ben benim ve bu halimle çok mutluyum. Neden başkaları için kendimi değiştireyim ki?" Demek o da böyle anlıyordu. Adamın, birkaç dakika önce kaçırdığı o ateşli hatunla aynı kılığa girmesini istediğini sanıyordu. Sanki bunu yapabilirmiş gibi! Milyon yıl geçse de yapamazdı!

"Senden kendini değiştirmeni istemiyorum." "Demek istediğim, başkalarının seni fark etmesini sağlamalısın. Dünyaya haykır, Hey benim!" Kadın ona donuk bir ifadeyle gülümsedi.

"Bana söylediğin her şeyi diğerlerine de söyleyebilecek özgüvene sahip olduğuna eminim. Ama tek yaptığın, biri sana yaklaştığında ağzını sıkı sıkıya kapalı tutmak..."

Utangaç bir gülümseme verdi ve kirpiklerini indirdi. "Senin gibi insanları uzaklaştırmak için..." dedi usulca.

Bu işe yarıyor, diye düşündü ama devam etti, "Ah canım! Hepimiz bunu hak etmek için ne yaptık?"

Kadın ona baktı ve sırıttı. O da güldü.

"Hiçbir şey. Kimse bir şey yapmadı. Sorun da bu zaten." Sesi hülyalı bir hal aldı.

"Ha?" Ne demek istiyordu?

"Hiçbir şey," diye gülümsedi.

"O zaman bir deneyelim, olur mu?" Purab sonunda kozunu oynadı: "Akşam henüz bitmedi. 'Tatlı Duyu'ya gidip diğerlerinin varlığınızdan haberdar olmasını sağlamaya ne dersiniz?"

Kız ona baktı ama hiçbir şey söylemedi. Awk! Ne yapıyordu! Cuma gecesiydi; bütün çetesi orada olacaktı. Bu kızla çıkmayı kabul etmiş olabilir mi? Ama diğerleri onu kızla görürse piyasa değeri tüm zamanların en düşük seviyesine inecekti.

"Bir daha düşündüm de," dedi çabucak, "bu gece çok kalabalık olabilir. Rodeo International'a gidelim, oradaki yemekler harika." Ve oradaki insanlar genellikle uzaktan kapalı, ilgisiz tiplerdi. Tek bildikleri, onun bu tür mekânlara refakatsiz gelmesinin imkânsız olduğuydu, kim olursa olsun fark etmezdi. Ve güvenilir tanıklar olmak için yeterli sayıdaydılar.

"Bütün bunları neden yapıyorsun?" Aniden sordu.

O lanet kadın olmasaydı asla yapmazdım bebeğim. Ama, diye kabul etti, düşündüğü kadar kötü değildi.

"Sana söyledim, bu benim işim. Ayrıca, benim garantimi alabilirsin. Hiçbir zorluk yok..."

"Neyin içinde?" Kız boş boş sordu.

"Benden hoşlandığın için, bilirsin işte." Adam pazılarını şişirerek onun kıkırdamasına neden oldu. "O kadar da kötü değilim, umarım sen de öyle hissediyorsundur, ne de olsa son bir saattir seninle konuşuyorum," onun standartlarına göre oldukça iyi bir rekor, "ve bana sıkıldığına dair en ufak bir belirti göstermedin. Seni temin ederim ki dişlerimi fırçalamak gibi bir alışkanlığım var," diyerek dişlerini ona doğru çevirdi, kız tekrar güldü, "ve günde iki kez banyo yapıyorum ve ısırma ya da kaşıma gibi bir eğilimim yok." Sırıttı, "Benim yanımda tamamen güvende olacaksınız ba...uh...Lady, bunu kendiniz de görebilirsiniz."

Kızın daha da kızardığını görünce gülümsedi. Sadece bir baş sallaması, rodeoda sadece iki saat geçirmesi, o aptal kaltağın burnunu sonsuza dek kapatacaktı. "Ve seni tanımak isteyen insanlara, senin onları tanımak istediğin kadar yüz çevirmek hiç de iyi bir fikir değil, öyle değil mi?" Başını eğip onun gözlerine bakarak ikna edici bir şekilde söyledi.

Utangaç bir gülümseme verdi ve ona baktı. Onunkine uygun bir şekilde sırıttı ve sonra tekrar aşağıya baktı. Ne de olsa kolay bir avdı. Purab Chaddha'nın büyüsüne kim karşı koyabilir ki?

Tekrar sırıttı ve gözlerini kaçırdı.

Aniden döndü ve "Tamam, iyi, biraz ileri gitti, şimdi çıksan iyi olur" dedi.

"Ha?" diye haykırdı, tamamen şaşırmıştı, "Ne?"

"Bütün bunlar neye yardım için? Bana tüm bunların neyle ilgili olduğunu söylesen iyi olur. Ve ben gerçeği istiyorum."

Yakalandım!

"Ne demek istiyorsun?" Birdenbire yanlış giden neydi? Bir şey mi söylemişti?

"Ben dünkü çocuk değilim" diye iddia etti, "Ve sandığın kadar aptal değilim. Bunu neden yapıyorsun?"

"Ama... Ama..." diye kekeledi, "Sana söyledim, değil mi..."

"O değil," diye araya girdi, "gerçek nedeni istiyorum. Senin tipinde bir adam gelip yanıma oturduğunda bunu anlamayacağımı mı sanıyorsun?"

Oh harika! Aynı tip iş. Purab Chaddha'nın bir tipi yok! Bağırmak istedi. Bu, son bir saattir burada boş yere çene çaldığı anlamına mı geliyordu?

"Hadi, söyle bana kim o?" diye sordu.

"Kim? Neden bahsediyorsun?" Bütün masumiyetiyle sordu.

"Hadi ama, numara yapmayı bırak," dedi kızgınlıkla, "Biriyle iddiaya girdin, değil mi? Beni seninle çıkmaya ikna edeceğine dair."

Tanrım! Nereden biliyordu? "Hayır... Hayır!" Başladı.

"Bu aylardır oluyor!" diye yakındı biraz yorgunca, "Her iki ya da üç günde bir yanıma bir adam geliyor, kendini tanıtıyor, hobilerimi, sevdiklerimi ve sevmediklerimi, film izlemeyi sevip sevmediğimi ve onunla bir tanesine gidip gitmeyeceğimi soruyor. Birkaç kuruş uğruna birileriyle arkadaş olmaya çalışmaktan bıkmadınız mı? Ben bir şey mi yaptım ki hepiniz beni şakalarınızın hedefi yapıyorsunuz?"

Bu kötüydü; kabul etmek zorundaydı, gerçekten kötüydü.

Ama henüz bitmemişti, "Bu çok sinir bozucu. Her seferinde kibarca reddediyorum ama ertesi gün mutlaka başka bir adam aptalca bir merhaba ile yanıma geliyor, merhaba, seninle konuşabilir miyim?"

Yikes! Şimdi ne yapacaktı?

"Neden hepiniz beni seçmek zorundasınız? Kampüste bir erkekle, hatta herhangi bir erkekle çıkma şansına balıklama atlayacak o kadar çok kız var ki. Ben ilgilenmiyorum, neden bunu bir türlü kafanıza sokamıyorsunuz?"

İşte gidiyor, diye düşündü kederle, bitti, hayatında ilk kez Purab Chaddha bir avı kaybetmişti.

O kadar hızlı değil! Purab öyle kolay pes edecek biri değildi. Bir kızı, hem de herhangi bir kızı üzgün bırakacak biri de değildi.

"Bak Pamela," diye söze başladı ve kızın nasıl başladığını fark etti, "Nasıl hissettiğini anlayabiliyorum ve bu insanların sana bu şekilde davranması gerçekten çok çirkin. Ama bu....." anlamına gelmez.

"Biliyorum," diye sözünü kesti kız, "sen diğerlerinden farklıydın, en azından bana karşı biraz daha iyiydin ama bu çok ileri gitti ve bu olmayacak. Bana zaman ayırdığınız için çok teşekkür ederim ama lütfen bunu daha fazla uzatmaya gerek yok. İsterseniz sizinle bu aptal iddiaya giren kişiye gülümseyebilir ve ona kabul ettiğim hissini verebilirim ama bundan daha fazlası olmayacak..."

Artık öfkeden kudurmuştu, "Neden benimle böyle konuşuyorsun?"

Kadın buz gibi baktı, "Neden benimle konuşuyorsun ki? Biriyle iddiaya girmişsin..."

"Tabii ki hayır!" diye itiraz etti, ancak kendini son derece rahatsız hissediyordu, "Böyle düşünmenize neden olan nedir?"

Kadın gözlerini kıstı, "O zaman lütfen bana neden geldiğini söyle..."

"Çünkü.....Çünkü..." sözcükler bir an için ağzından kaçtı, sonra şimşek hızıyla dökülmeye başladı, "Bir süredir seni izliyorum, hep çok yalnızsın, diğerlerinden çok ayrı duruyorsun. Hepimizin gittiği yerlerde takılmıyorsun, partilere ya da etkinliklere katılmıyorsun. Tek yaptığın bu kantinin bir köşesinde oturup gece gündüz not yazmak. Bunun yapılmaması gerektiğini düşünüyorum. Senin.... arkadaşlara ihtiyacın var."

"Ah!" diye iç geçirdi, "Sana inanmalı mıyım?"

Adam hafif bir suçluluk duygusuyla ona baktı. Söylediği sözler kulağa geldiği kadar boştu. "Bu tamamen senin çağrın...." diye mırıldandı. Bir an arkasına baktı, sonra gözlüklerini masanın üzerinde durdukları yerden alıp taktı. Tekrar iç çekerek, "Tamam, doğru söylediğini kabul ediyorum, o zaman çok teşekkür ederim ama ben bu halimle mutluyum. İsteyeceğim son şey birinin benim için üzülmesi. Bu kadar zahmete girmene gerek yok."

Bu onu kızdırdı, "Neden her zaman insanların sana acıyarak ya da bahse girmek için geldiğini düşünmek zorundasın?" diye sordu. Kadın ona baktı, "Gerçek bu olduğu için mi?"

"Gerçek olduğuna inandığın şey bu! Ve bu yüzden, arkadaşınız olmak isteyen insanların sizin dünya görüşünüze girmesine izin vermiyorsunuz."

"Anlayamadığım şey, ben de seninle aynı süredir buradayım. Bu düşünceler neden şimdi aniden aklına gelsin ki?"

İyi bir nokta. "Yani... yani... Bir şeye başlamak için asla geç değildir. Bakın, önce kendi başınıza hiçbir şey yapmıyorsunuz, sonra da anlamsız şüphelerinizle size gelen insanları uzaklaştırıyorsunuz..."

"Tamam... Tamam... sakin ol," diye gülümsedi, "Belki de yargılama konusunda biraz fazla sert davrandım."

"Gerçeklerin özüne inmeden nasıl bir yargıya varabilirsin?"

"O zaman bırak da bunu yapayım," dedi, "seni cezalandıracak falan da değilim, gerçeği söyle. Lafı dolandırmayı bırak ve benden tam olarak ne istediğini söyle?"

Kız onun gözlerinin içine bakıyordu ve Purab bir tereddüt hissetti. "Hiçbir şey... Gerçekten... hiçbir şey... sadece arkadaşlığın..."

"Neden?"

"Ne demek neden? Birinin seninle arkadaş olmak istemesini anlamak bu kadar imkansız mı?"

"Şüpheli olan da bu..." diye gülümsedi, "Benimle arkadaş olmak istemesi..."

Adamın canına tak etmişti, "İşte yine hiçbir şey bilmeden yargılarına devam ediyorsun. İnsanların sana acıyarak geldiğini mi sanıyorsun? Kendine acı ve beni deneme zahmetine katlan," diye alaycı bir şekilde bitirdi.

Eli defteriyle oynamaya başlamıştı, "Ve dediğin gibi, seni tanımadan niyetinin gerçekten göründüğü kadar asil olduğunu nereden bilebilirim?" Neredeyse üzerine atılacaktı, "O zaman sana bu şansı vereyim." Yüzünü onunkine yaklaştırdı. Kadın gözünü bile kırpmadan gülümseyerek ona baktı.

Bir kaşını kaldırdı, "Rodeo'da, meraklı gözlerin ortasında, sadece iki saat içinde mi?" Meydan okudu.

"Bu yeterli olmalıydı, ama sana acıyacağım," diye sırıttı, "Sana bütün bir gün vereceğim..."

"Bir gün mü?" diye şaşırdı.

"Bir gün..." Tekrarladı ve sonra durdu, dehşet onu ele geçirmişti, Aman Tanrım! Ne yapmıştı ki! Bütün bir gün mü? Her zamanki randevularından hiçbiriyle bile bu kadar uzun süre dışarı çıkmamıştı. Delirmiş miydi?

Kadın gözlerini kıstı, "Bu da ne demek oluyor?" Adam ona ters ters baktı. Artık geri dönemezdi bile, söylemişti, "Bunu çok iyi biliyorsun, tekrar etmeyeceğim..."

"Tabii ki biliyorum," dedi açık açık, "Yeni bir numara, değil mi? Bir kızla bütün gün birlikte olabiliyorsun."

Gülse mi ağlasa mı bilemedi, "Buna gün bittikten sonra karar verebilirsin."

Kız güldü, "Ne yani, şimdi bu maraton randevusuna benimle flört etmeye gelmediğini kanıtlamak için mi çıkıyoruz?"

"Umarım aradaki farkı sen de biliyorsundur," dedi sertçe, "niyetimi en başından beri açıkça belirttim. Gerçeğe kendin karar vermelisin. Benimle bir gün geçirdikten sonra. Buna bir deneme diyebilirsin. Bir dostluk denemesi."

Gülümsemesi soldu, "Dostluk denemesi mi?" Mırıldandı.

"Evet. Bir dostluk denemesi. Bunu daha önce hiç kimse için yapmadım ama senin için yapacağım. Sana bütün bir günümü vereceğim, böylece buna değdiğimi anlayacaksın."

"Ama... Ama ....bir gün mü?"

Evet, bir gün mü? Bu nasıl ağzından kaçmıştı? Şimdi ne yapacaktı?

"Bir gün. Çalışmak yok, ders yok. Bütün gün benimle. Başka kimse olmayacak. Var mısın?" diye sordu.

"Ama bu çok fazla zaman..." dedi, "Gerçekten meşgulüm..."

Harika! Güzel. Belki de bu durumdan kurtulmanın bir yolu vardı. Purab hemen atladı, "Bir gününü ayırman gerekecek. Senin için zamanımın bu kadarından vazgeçeceksem en azından bu kadarını yapman gerekecek." Evet demesine imkân yoktu. O 'meşgul' (Ha! Ha!) bir ruhtu.

"Ama..."

"İstemiyor musun?" diye alaycı bir tavır takındı, "O zaman hiçbir şey yapamam..."

Önüne bakarak oturdu, derin düşüncelere dalmıştı. Sorun değil bebeğim, hadi, söylemekten zarar gelmez, Rodeo'daki iki saat daha iyi bir fikirdi.

"Bir günüm var," dedi yavaşça, onu ölçüsüz bir şekilde şaşırtarak, "Yarından sonraki gün, Pazar. Babam görevde değil ve annem de sabah Amritsar'a, kız kardeşimin yanına gidiyor. Bütün gün bana ait." Başına düşen gökyüzünün etkisiyle sersemlemiş bir halde ona bakarken, "Boş musun?" diye sordu.

Pek meşgul değildi. Neyse ki o gün randevusu yoktu. Akşam arkadaşlarıyla video oyunu salonuna yapacağı küçük bir gezi kolaylıkla iptal edilebilirdi. Ama o ne halt ediyordu? Hadi ama, Tanrı aşkına, Pazar gününü böyle mi geçirecekti? Belki de ona gerçeği söylemeliydi, rol yapmaya bile hazırdı. Keşke o sürtük kanıt istemeseydi....

"Alo? Purab?" Kızın elini yüzüne doğru sallamasıyla düşüncelerinden sıyrıldı. Kadın sorgularcasına ona bakıyordu.

Hemen toparlandı, "Tabii ki... Tabii ki boşum. Güzel bir pazar günü o zaman. Pazar günü senin evine geleceğim, bana adresini ver."

"Tamam," diye not defterini açtı ve son sayfayı karalamaya başladı. Adam depresyon içinde ona baktı. Onun 'randevusu'. Pazar gününün tamamı boyunca. Yine de bu onun suçuydu ve artık geri adım atması mümkün değildi.

"İşte," diye sayfayı yırttı ve ona uzattı.

Adam şöyle bir baktı. Düşün Purab, bunu gerçekten yapmak zorunda değilsin. Gerçeği söyle ve çekip git. Bir bahsi kaybetmek o kadar da büyük bir mesele değildi.

"Tamam," diye baktı, "sabah sekizde sana geleceğim..."

"8?" Kadın şaşırmıştı.

"Tabii ki 8, bütün gün dediğimde bunu kastetmiştim," diye cesur bir gülümseme denedi, ama gözyaşlarına boğulacağını hissediyordu.

Bir süre düşünceli düşünceli ona baktı, sonra "Bence sorun olmaz, annem 7-7.30 gibi gidiyor ama..." dedi, "Bunu yapmak istediğinden gerçekten emin misin?"

Hay aksi! Kendini nasıl bir duruma sokmuştu? Neden o aptal bahse girmişti ki? Aastha'nın gireceği her sınavda başarısız olmasını diledi.

"Buna sen karar vereceksin," diye kaşlarını kaldırdı, "ben tam olarak istediğim şeyi yaptım." Hiçbir şey söylemedi. "Seni zorlamıyorum..." diye başladı temkinli bir şekilde, "Bunu gerçekten yapmak zorunda değilsin."

Lütfen öyle söyle tatlım, pazar karalamalarını özlediğin o defterleri düşün, gözlerinle buluşmak için can atan o kitapları düşün, sonunda izlemeyeceğin o dizileri düşün....

"Hayır, hayır ben iyiyim," dedi telaşla. "Bir değişiklik olacak tabii, bakalım hoşuna gidecek mi?" diye gülümserken hayal kırıklığı kafasına kocaman bir darbe indirdi.

"Ben de öyle umuyorum," dedi ve umutsuzca ayağa kalktı, "O zaman Pazar günü görüşürüz. Hazır ol." Kadın başıyla onayladı.

"Hoşça kal Pamela," dedi kibarca ve döndü.

"Bana Pam diyebilirsin." Döndüğünde Pamela'nın kendisine ışıl ışıl gülümsediğini gördü. Bir mide bulantısı dalgasının boğazını sıktığını hissetmesine rağmen sırıttı. Geri dönerek, Aastha ve Cherry'nin oturup tüm bölümü izledikleri masaya doğru yürümeye başladı. Bahsi kazanma şansının çok az olduğunu düşünmüştü ama bir gün pahasına da olsa gerçekten başarmıştı. Ne sikim için? Gerçeğin ne olduğunu kanıtlamak için!

Daha önce gözüne kestirdiği ve avı sandığı beyaz tepeli güzelin yanından geçti. Özlemle dönüp ona bir bakış attı ve tam o sırada onun ayağa kalkıp Parminder Dhanoa'nın kaldırdığı kolunun altından geçerek omzuna dolandığını ve kantinden çıkarken ona eşlik ettiğini gördü. Ayrılmadan önce adam dönüp şaşkın Purab'a muzip bir göz kırptı ve Purab'ın son derece sinirlenmesine neden oldu. Hep aynı insanların şansı yaver gidiyor, diye düşündü suratsızca.

"Ne oldu?" Cherry onlara ulaşır ulaşmaz ayağa kalktı, "Ne oldu, Sirji?"

"Olacak ne var ki?" Aastha alaycı bir şekilde gülümsedi, "O onun tipi değil...." diye sırıttı.

Purab ona ters ters baktı. "Tabii ki hayır," diye itiraz etti Cherry, "Onu gülümserken gördüm."

"Yani?" Aastha şaşkınlıkla Purab'a baktı, "O gerçekten tatlı bir kız. Herkese gülümsüyor. Hayır dediğinde bile."

Ve evet dediğinde bile, diye düşündü Purab sinirlenerek.

"Buna inanmıyorum," diye tersledi Cherry, "Bunu bir de kendi ağzından duyalım. Hadi Sirji," Purab'a döndü, "Doğru mu? Kabul etti mi?"

Purab bir saniye bile dinlemedi. Bu aptalca dil sürçmesi için kendini bilmem kaçıncı kez lanet ederken buldu. Bir günden nasıl bahsetmişti?

"Sirji?" Cherry hâlâ onun etrafında dolanıyordu. "Evet..." Purab yavaşça, daha önce oturduğu sandalyeye çökerek, "Evet, kabul etti. Yarından sonraki gün dışarı çıkıyoruz." Gerçeğin tamamı olmasa da en azından bu kadarını söyleyebilirdi.

Cherry'nin ağzı açık kaldı. Aastha'nın gülümsemesi bile soldu.

"Aman Tanrım!" Cherry sandalyesinin arkasını masaya doğru çevirdi ve üzerine oturdu, "Ona kabul ettirdin mi? Guru, sen gerçekten harikasın. Her kızın içine girebiliyorsun. Hey A, şimdi ne diyorsun?" Purab ona bakmadı. İddiayı kazanmıştı ama bu ona pek mutluluk getirmemişti.

"Tamam, şimdiye kadar iyi gitti," diye kabul etti Aastha, "Ama umarım ikinci maddeyi unutmamışsındır. Randevuya onunla birlikte gitmek zorundasın."

"Tabii ki gitmeyecek," dedi Cherry gururla, gözleri Purab'a hayranlıkla bakarak, "Gidecek, bunda büyütecek ne var? Öyle değil mi Sirji?"

Purab Aastha'ya baktı. Kız hâlâ ona gülümsüyordu. Neden onu hiç dinlememişti ki?

"Evet." Yorgunca mırıldandı. Kendi tuzağına düşmekten daha kötü bir şey var mı?

Değişen Zeminlerin Değerlendirilmesi

Purab otobüs durağında, motosikletinin üzerinde rahatça oturmuş bekliyordu. Saatine baktı, 8.15'ti. İçeri girmesi gerekiyordu ama arabanın hâlâ dışarıda park halinde olduğunu görmesi ve garip bir içgüdüyle yola devam etmesini, kendisine bir açıyla bakan ve şu anda trafiğin olmadığı küçük bir yolla kendisinden ayrılan çikolata kahverengisi rengindeki şık dubleks eve bakmasını söyledi.

Yanılmamıştı. Birkaç dakika sonra ön kapı açıldı ve iki kadın sohbet ederek dışarı çıktı. Yaşlı olan mavi bir sari giymiş, saçlarını düzgünce topuz yapmış, acelesi varmış gibi görünüyordu. Arkasından siyah kolsuz bir bluz ve beyaz bir şort giymiş, saçları açık ve dağınık, birkaç dakika önce uyandığı her halinden belli olan Pamela yürüdü. Başını yola çevirdi ve Purab'a onu gördüğünü teyit edercesine hızla arkasına baktı.

Pamela'nın annesi ona döndü, gülümsedi ve bir şeyler söylemeye başladı. Pamela dikkatle dinledi ve zaman zaman başını salladı. Konuşmasını bitirdikten sonra kızına içtenlikle sarıldı ve arabanın arka kapısını açıp içine bindi. Araba hemen çalıştı ve birbirine benzeyen sıra sıra evlerle çevrili yolda ters yönde ilerlemeye başladı.

Pamela, araba gözden kaybolduktan sonra bile bir süre arkasından el salladı. Sonra arkasını döndü ve Purab'a el salladı. İşte gidiyor, diye düşündü Purab el sallayarak. Bakalım nasıl olacak.

Pamela ona gelmesini işaret etti. İşareti alan Purab motosikleti çalıştırdı ve hiçbir engele rastlamadan kısa mesafeyi saniyeler içinde kat etti ve Pamela'nın utangaç bir şekilde gülümseyerek durduğu yerin birkaç santim ötesinde bir noktada durdu.

Purab motosikleti park edip inerken, "Sözünde durdun," dedi, "Umarım çok fazla beklemek zorunda kalmamışsındır."

"Hayır... Hayır, yeni geldim," diye yalan söyledi. Bunun kızlarla her zaman mücadele edilmesi gereken şeylerden biri olduğunu biliyordu.

"Her şey gecikti," diye devam etti gözlerini ovuşturarak, "Annemin bir saat önce çıkması gerekiyordu ama geç kalktık ve sonra her şey karmakarışık oldu. Sonra bir türlü hazırlanamadım. Annemin önünde değil," diye duraksadı, "Nasıl olduğunu görebiliyorsun..."

Elbette görebiliyordu. Her şeyi görmüştü, sevgililerinin geç kalmak için öne sürdükleri bahanelerin çeşitliliğini, aslında bir tez raporu bile hazırlayabilirdi. Neden farklı olsun ki? Üstelik geç kaldıkça onunla geçirdiği zaman da azalıyordu.

"Sorun değil," diye güven verici bir şekilde gülümsedi. "Teşekkürler," diye karşılık verdi, "Neden içeri gelmiyorsun? Çok uzun sürmez."

Umarım öyle olur, diye dua etti sessizce onu verandaya kadar takip edip ön kapıdan geçerken. Kırmızı minderli bir koltuk takımı ve bir sehpa ile rahat görünümlü bir oturma odasına yönlendirildi. Köşedeki taburelerden birinde bir telefon duruyordu ve karşısındaki duvarda da büyük bir televizyon asılıydı. Yer tahtalarını koyu yeşil bir halı kaplıyor ve sehpayı barındırıyordu.

Ana kanepenin arkasından birkaç basamakla, oturma odasından ayıran küçük bir sınır duvarıyla çevrili bir geçide çıkılıyordu. Diğer ucun duvarında muhtemelen başka bir odaya açılan beyaz bir kapı görünüyordu.

Purab dağınık odaya, masanın üzerine atılmış dergilere, pasajın ayırıcı duvarına asılmış fotoğraf çerçevelerine, ön kapının yanındaki duvara asılmış devasa manzara resmine baktı ve kendisi gibi tamamen yabancı birine verdiği rahatlatıcı kucaklamanın tadını çıkardı. Gülümsemekten kendini alamadı, bir anda kalbinde beliren ev sıcaklığında kıvrılıp yattı. Chandigarh'daki evini pek özlememişti, dışarıya daha uygun olduğunu düşünüyordu. Ama bu keyifli ve tanıdık atmosferde aldığı her nefes onu kilometrelerce uzağa, aylardır uzak kaldığı yere, unutulmaz bir yabanilikle geri götürüyor gibiydi.

Pamela gergin bir şekilde gevezelik ediyordu,

"Aslında... her şey çok hızlı gelişti, hiçbir şey için zamanım olmadı..." kanepelerin ötesine, odanın en ucundaki kapıya doğru yürüdü. Purab sessizce onu takip ederek mutfağa ve yemek odasına dönüşen odaya girdi. Ortada, dört küçük ahşap sandalyeyle çevrili, beyaz boyalı yuvarlak bir ahşap masa duruyordu. Üzerinde birkaç bardakla bir sürahi su, bir şişe süt, büyük bir paket mısır gevreği ve içinde çeşitli meyveler olan bir kâse duruyordu. Bir sandalyenin yanında, içinde aceleyle yenmiş bir yemeğin kalıntıları olan bir tabak duruyordu.

"Gerçekten hiçbir şey yapamadım." Pamela mırıldanarak aceleyle tabağı aldı ve masadan farklı aletlerle dolu iki platformla ayrılmış mutfağa koştu.

Purab eğlenerek etrafına bakındı ve sonra yürüyerek mutfağa bakan bir sandalyeye oturdu. Tabağı lavaboya yerleştiren Pamela ona dönerek, "Kahvaltı etmek ister misin?" diye sordu.

"Tamam," diye mırıldandı. Aslında dışarıda yemek yeme masrafından kurtulma umuduyla zaten pansiyonun yemekhanesinde yemişti. Ancak tüm pansiyon yemekleri gibi vıcık vıcık, soğuk, patatesten yoksun aloo parantha da damak tadında kayda değer bir etki yaratmadan sindirilmiş gibiydi. Ayrıca, uzun bir aradan sonra ev yemeği yeme ihtimali onu gizliden gizliye sevindirmişti.

"Peki, yumurtanı nasıl seversin? Çırpılmış mı yoksa haşlanmış mı?" Kadın ocağa dönerek sordu. Purab onun arkasından bakakaldı. Bu gerçekten sinir bozucuydu, hiçbir randevusu onun için yemek pişirmemişti ve bu gerçek anlamda bir randevu bile değildi. "Her neyse, fark etmez..."

"Tamam, şu anda acelem var; bir boğa gözü alacağım." Pamela, başarılı bir ev kadınının soğukkanlılığı ve özgüveniyle kapları toplamak ve malzemeleri hazırlamakla meşguldü. Purab, kesinlikle eğlenmiş ve kararsız bir heyecanla onu izliyor, gün ilerledikçe kendisini nelerin beklediğini merak ediyordu.

"Peki, planlar nedir?" Kadın arkasını dönmeden sordu ve Purab'ın sıçramasına neden oldu. Onun aklını mı okuyordu?

"Hımm..." diye dudaklarını yaladı, "Düşünüyordum da... Pratapson'ların alışveriş merkezine bir gezi... Renuka'larda bir film..." Başka bir şey mi istiyordu?

"Kulağa harika geliyor," dedi basitçe. Adam rahatladı. Tanrı'ya şükür; evde onun için kütüphane ya da eski bir film DVD'si yoktu. "Lütfen buyurun..." diye çınlayan sesinin ardından bir yumurta kırıldı ve kızgın yağda hafifçe kaynamaya başladı. Gülümsedi, "Teşekkürler, alacağım."

Bir bardağa kendisi için biraz süt doldurdu, bir elma aldı ve ısırdı, onun bir yumurta daha kırmasını dinledi. Bir süre çiğnedi ve onun çöp kutusuna doğru yürüyüp boş kabukları atmasını izledi. Uzun saçları belinin biraz üstüne kadar uzanıyordu, uykusunun verdiği yorgunluk saçlarına birkaç dalga daha eklemişti. O çalıştıkça, yazılmamış bir melodinin vuruşları, gece gibi kalın ve karanlık bir şekilde zıplıyordu. Saçlarını her zaman bağlı tutar, yakından kırparak onların takdir edilme şansını ortadan kaldırırdı. Ama şu anda, en uyumsuz pozisyonda bile, saçları yuvarlak yüzünü bir hale gibi çevreliyor, onu tatlı bir incelikle, nefes kesici bir masumiyet dokunuşuyla yağlıyordu.

"Annen her hafta kız kardeşine mi gidiyor?" diye sordu ona.

"Ha?" Dönüşü, sessizce ısınan ekmek kızartma makinesinin otoriter zil sesiyle uyumluydu. Hızla ona doğru döndü. "Pek sayılmaz," diye cevap verdi; sırtı hâlâ ona dönüktü, "Ayda bir ya da iki haftada bir desek daha doğru olur..."

"Orada mı çalışıyor?"

"Evli..." gülümseyerek ona döndü, bir elinde kızarmış ekmek dilimi tutuyor, diğeriyle yağlıyordu, "Mutlu bir ev kadını. Bir yıl önce güzel evimizden ayrıldı. Annem onu gerçekten özlüyor..." ifadesinin sonunda ses tonunun aldığı hafif hayalperestlik, onun da bu duygulardan payını aldığını açıkça ortaya koydu.

"Ve sen burada yalnız mı kaldın?"

"Oh hayır," ekmek dilimini yerine koydu ve sonra ocağa doğru koşarak ocağı kapattı, "Ben de eşlik ediyorum, çoğu zaman yani," diye devam etti, ekmek dilimlerine geri dönerek, "Sadece bugün canım istemiyor dedim..."

"Annen şaşırdı mı?" En sevdiği teyzesinin evine gitmek istemediğini söylerse annesinin şaşıracağını biliyordu.

Ekmek kızartma makinesi tekrar çaldı. Pamela elini kaldırıp kapattı. "Şey, hayır, orada yapacak pek bir şeyim olmadığını biliyor, annem ve Di sadece dedikoduları ve ev hayatının incelikleri üzerine gevezelikleriyle meşguller, ne yazık ki benim hiçbir katkıda bulunamayacağım bir konu..." diye sırıttı. Geri döndü ve patlamış dilimleri yağlamaya başladı, "Biraz itiraz etti ama, ne de olsa burada da durum aynı..."

Birisi ona sessiz, ağırbaşlı küçük kızının aslında gün için ne planladığını söyleseydi buna inanır mıydı? Bu konuda herhangi biri inanır mıydı? Kendisi, Pamela gibi bir kızın annesine yalan söyledikten sonra onun gibi bir adamla randevuya çıkacağına inanır mıydı?

Bölgenin İşaretlenmesi

Hadi ama, kendisinin çürütmek için yola çıktığı 'tip' işine o da mı katılıyordu? Elbette, neden kabul etmesin ki? Purab Chaddha bir kızı, hatta herhangi bir kızı annesine bile yalan söylemeye ikna edebilecek güce sahipti. "Peki ya baban, o ne iş yapıyor?"

"Babam Winkett Endüstri Grubu'nun CEO'su." Haşlanmış yumurtayı tavadan tabağa alırken, "Sık sık böyle seyahatlere çıkması gerekiyor," diye yanıtladı.

Purab, üst düzey bir yönetici, diye düşündü. Şirket Hindistan'ın en tanınmış çokuluslu şirketlerinden biriydi. Kendisi de dahil olmak üzere sınıfındaki öğrenciler bu şirketin ilaç bölümünde işe girebilmek için ölebilir ya da öldürebilirdi. Adamın kızı ise sadece sessiz bir varlıktı, soyut notlardan oluşan küçük dünyasıyla yetiniyordu. Havası yok, tüyü yok. İlginç....

"Yarından sonra dönecek," dedi kadın platforma doğru yaklaşarak. Tuz ve karabiber kaplarını alıp elindeki tabağa bolca serpti. Purab ona baktı, sonra tabaktaki süt beyazı ve kahverengi kıtaya ve ortasındaki büyük altın hedef noktasına baktı, koku ona doğru yayıldı ve burun delikleriyle alay etti, mmmm......

Pamela tabağı onun önüne koydu ve ardından çatal bıçak takımını ve dört dilim tereyağlı ekmeği almak için mutfağa bir kez daha gitti.

"Peki ya sen?" diye sordu masanın diğer ucuna oturarak.

"Ben mi?" diye sordu, hemen kaşık ve çatalı alıp işe koyuldu.

"Evet, sen bir yatılısın, değil mi? Evin nerede?"

"Chandigarh," diye cevap verdi, bir parça ekmeği patlamış yumurta sarısına batırarak, "Oraya gittin mi?"

"Hayır," dedi, "neredeyse hiç zamanım olmadı."

Neredeyse hiç zaman yok mu? Tıp mı okuyordu yoksa hukuk mu? Neden o ve arkadaşları her ay neredeyse iki kez memleketine bahanesiz baskın yapıyordu. Nasıl olur da bu güzel şehri hiç ziyaret etmezdi?

"Zamanın mı yok yoksa canın mı istemiyor?" Gözlerini ona dikti. Ondan başka ne bekleyebilirdi ki?

Gülümseyerek onu şaşırttı ve sonra bir kâse aldı, "Peki, evinizde kimler var?" Paketten bir kâse dolusu mısır gevreği çıkararak sordu ve adamın sürdürmek istediği çizgiye ince ama kesin bir son verdi.

Omuz silkti. Onun ne hissedip ne hissetmediğini bilmekle ilgilendiğini mi sanıyordu? "Annem, babam, amcam, yengem ve oğulları," dedi kayıtsızca, yemeye devam ederek, "babamın hâlâ evlenmemiş kız kardeşi."

"Kardeşler mi?" Kadın kaseye süt dökerek araya girdi.

"Evet, neredeyse hiç evde olmayan küçük bir erkek kardeş," dedi iğrenerek, kötü ebeveyn paylaşımcısının hatırlatılmasından rahatsız olarak.

"Küçük kardeş mi? Harika... Ne yapıyor?"

Kızlar bebek ihtimali karşısında neden bu kadar heyecanlanırdı? "11. sınıfa gidiyor." Konuşmayı burada bitirmeyi umarak kısaca "11. sınıfta" dedi.

Ama mesaj iletilmemişti, "Bu harika," diye haykırdı, ağzına bir kaşık sütle ıslatılmış mısır gevreği koyarak, "Peki nasıl biri? Yakışıklı mı?"

Purab yüzünü buruşturarak yemeye devam etti, "O iyi." Bunu nasıl başarmıştı? O ve kardeşi birbirlerini görmeye bile tahammül edemezlerdi. Ona iyi dediğine göre, Tanrı onu affetsin.

"Gerçekten önemli değil, değil mi? O sana sahip..." dedi neşeyle.

Purab irkilerek başını kaldırdı. "Neden böyle söylüyorsun?"

"Sen oradayken," dedi genişçe gülümseyerek, "kızlara kur yapmakta hiç zorlanmayacaktır. İşin tüm püf noktalarını öğretmek için sen varsın. O şanslı bir delikanlı...." Bu onu daha da şaşırttı. Daha önce hiç kimse böyle bir şey önermemişti.

"Peki ne kadar ilerledi? Sayende kaç kız arkadaşı oldu?" Gözleri parlayarak alaycı bir şekilde sordu. Bu onu gülümsetti. "Aslında hiç yok," dedi biraz utanarak, "O kendi çapında bir şampiyon. Şimdiye kadar benim üç yıllık üniversite hayatımda çıktığımdan daha fazla kızla çıkmıştır."

"Öyle mi?" Pamela güldü, "Aynı evde iki savaşçı ..... bu harika."

"Aslında ben onun yanında bir hiçim. Onun yaşındayken karşı cinsten tek bir arkadaşım bile yoktu," diye sırıttı, "Ama doğum gününde aldığı telefonların sayısını görünce çılgına döndüm..."

"O zaman tam tersi mi?" Pamela, "Ondan öğrenen sen miydin?" diye sordu.

"Tabii ki hayır," diye karşılık verdi, "Bağımsız hayatlarımız oldu. Kardeşim derdini kimseye anlatamayacak kadar gururludur. Bir keresinde aniden sessizleştiğini, içine kapandığını ve bütün akşamlar boyunca odasına kapandığını hatırlıyorum. Kimse ona bir şey sormaya cesaret edemezdi, o da ağzını açmazdı."

"Bir arkadaşından öğrendiğime göre, şimdi eski olan arkadaşıyla kavga etmiş. O sıçanın ona en kötü küfürleri savurmasıyla iş oldukça çirkin bir hal almıştı..." durakladı, "Ne yapacağımı bilemedim..." diye yavaşça başladı, "Ona ne söylemeliydim, ne söylememeliydim, kafam iyice karışmıştı. Ama sonra, işte benim kardeşim..." gururla gülümsedi, "dört gün içinde kendini topladı ve yine kendisi oldu. Benim bunu yapabileceğimi hiç sanmıyorum. Başka biri için günler, hatta haftalar sürerdi..."

"Hatta aylar.... ya da yıllar..." Yumuşak bir şekilde söze girdi.

Ona baktı, "Biraz incindim," diye devam etti, "kendi kardeşimin bana güvenmemesi. Ama bu bana onun ne kadar güçlü olduğunu gösterdi...."

"Ve çok ilginç..." Pamela, "Kesinlikle kardeşinle tanışmak isterim," diye söze girdi.

"Elbette..." diye güldü, "Chandigarh'a geldiğin bir gün bize uğraman yeterli."

"Uh...," gülümsemesi biraz soldu, "Bu zor olabilir. Kardeşin buraya gelmeyecek mi?"

"Asla..." Purab sert bir sesle, "Ailemdeki herkes ilaç işinde ama kardeşim bu konuyla hiçbir ilgisi olmadığını açıkladı," dedi.

"Ah...," diye alaycı bir üzgün yüz ifadesi takındı, "Benim kötü şansım."

"Ama benim için gerçek şans, dostum..." dedi, "Çünkü kardeşim buraya gelseydi..." kaşlarını çatarak durdu.

"Ne oldu?" diye sordu, onu kaybolmuş buldu. Cevap vermedi, "Yemekler iyi mi?" Endişeyle sordu.

"Hayır... Hayır, çok lezzetli," diye güvence verdi ve sonra aniden dönüp ona baktı. Onunla konuşmasının nedeni bu muydu? İyi yapılmadığından korktuğu yemeği aklından çıkarmak için mi? Yoksa gerçekten bilmek mi istiyordu?

Ama bütün bunları ona nasıl söylediğini, en büyük düşmanı olarak gördüğü biri hakkında neler hissettiğini anlayamıyordu.

"Sorun ne o zaman?" Kadın tekrar sordu.

Adam ona baktı. Kadın hiçbir şey yapmamıştı, hem de hiçbir şey. Yine de onun kardeşi hakkında sevgiyle konuşmasını, kimseye, hatta kendisine bile anlatmadığı şeyleri anlatmasını sağlamıştı. Ama gerçek buydu, değil mi? Purab Chaddha'nın B.T.'deki otoritesine meydan okuyabilecek biri varsa o da kardeşi Bhuvan olmalıydı.

"Neden Chandigarh'a gelemiyorsun?" Düşününce, daha önce hiçbir randevusu ona bunları sormamıştı. Hiç kimse onu, ailesini, duygularını öğrenme zahmetine girmemişti. Ve kesinlikle dünyada bunu yapmasını bekleyeceği son kişi de oydu.

"OH." Hem rahatlamış hem de utanmış bir şekilde gülümsedi, "Öyle olduğumu sanmayın..."

"Neden olmasın?" Adam meydan okudu.

Bir an için göz kapaklarını indirdi ve sonra başını kaldırdı," Gerçekten ne zaman var... ne de herhangi bir neden..."

"Geliyorsun." dedi kararlı bir şekilde, "Bir gün geleceksin... hatta..." tekrar durdu. Bu bir tehdit değil, bir ifadeydi. Bir gün gelecekti, bunun için onu sürüklemesi gerekse bile.

Sırıttı, "Ama tabii ki ileride bir şeyler çıkabilir, asla bilemezsin." Ayağa kalktı, "Şimdi acele etsem iyi olur. Sizi beklettiğim için özür dilerim."

"Önemli değil," dedi hazırlıksız bir şekilde. Haftalardır yemediği böylesine lezzetli yemeklerin ve duygulu, aptalca sohbetlerin onu beklediğini kim bilebilirdi ki?

Bir eliyle kâsesini tuttu ve tabaklarını toplamak için ona doğru yürüdü. "Şimdi hazırlanacağım. Çok uzun sürmez..."

Adam ona baktı, "Yediklerinin hepsi bu kadar mı?" Kasesine bakarak sordu.

Merakla baktı, "Evet. Neden ne oldu?"

"Yumurta yemeyecek misin?"

"Hayır," diye sırıttı, "Canım istemedi..."

"Ah canım," dedi dehşetle, "bana daha önce söylemeliydin. Yumurta istemezdim. Yemek pişirmek için onca zahmete katlanmak zorundaydın..."

"Hiç sorun değil," diye cevap verdi, elindeki kâseyi onun tabağına koyup kaldırarak, "Yemek yapmaktan zevk alıyorum. Belki o kadar iyi değil ama gerçekten seviyorum."

"Yine de zahmet etmemeliydin..."

"Oh, hadi ama," diye takıldı mutfağa girerken, "düzenlemeleri gerçekten geciktirmedi, değil mi?"

Kaşlarını kaldırdı, "Bunun olmasını sen mi istedin?"

"Ne?" diye sordu arkasına dönmeden, "Dediğin gibi randevumuzun ayarlanmasını geciktirmek için," dedi gülümseyerek, "Benimle çıkma ihtimali seni hiç heyecanlandırmıyor mu?"

"Ben mi? Ne için?" dedi, geri gelip süt şişesini aldı ve tekrar mutfağa girdi, "Bu gerçekten bir randevu değil, değil mi?"

Purab gülümsedi ama hiçbir şey söylemedi ve yemek masasından bir şeyler alıp yerlerine yerleştirmekle meşgul olan kadını izlemeye devam etti. Ne kadar soğukkanlı olmaya çalışsa da, karşı cinsten biriyle çıkma ihtimalinden gerçekten etkilendiğini gizlemesinin hiçbir yolu yoktu. Ait olduğu sınıfa özgü bir şekilde.

Özellikle bu 'behenji' grubu kızlar arasında, erkeklerin bu tür şeylere dikkat etmediğine dair büyük bir yanılgı vardı. Ancak gerçek şuydu ki erkekler, kızların aralarındaki farkı her zamanki gibi sabit tutmak için gösterdikleri bu çabaları çok takdir ediyorlardı ve bu yönlerini geliştirmeyi başaranlar açıkça brownie puanlarıyla uzaklaşanlardı. Bugün yemek yerken yüz yüze sohbet ettiklerinde kızın kaşlarının oluşturduğu düzgün kıvrımları fark etmemiş değildi. Yanında çalışırken ellerinin ne kadar beyaz ve temiz göründüğü de dikkatinden kaçmamıştı. Bacaklarını daha önce görme şansı olmamıştı ama şu anda orta boy şortunun altında pürüzsüz ve net görünüyorlardı ve aldıkları iş hakkında 'ağdalı bir şekilde konuşuyorlardı'.

Saçları daha önce de dikkatini çekmişti ama şimdi yüzünün bile parlak göründüğünü, cildinin yumuşak ve ışıltılı olduğunu gördü. Bunu itiraf etmeye niyeti olmayabilirdi ama salonda annesini ve hatta makyaj meraklısı teyzesini gördüğü saatlerden biraz daha fazla zaman geçirdiğine bahse girmeye hazırdı. Çok tipikti. Doğanın en ilkel, en içsel eğilimlerinden birini tamamen inkâr etmeye kararlı olmanın zorlayıcı ikiyüzlülüğü. Ama yorum yapmasa iyi olurdu, çünkü tıpkı diğerleri gibi kızın da kendine has ateşli bir gururu olduğunu anlayabiliyordu.

"Ellerini lavaboda yıkayabilirsin," dedi kız ve masadaki paspasları toplamaya başladı. Ayağa kalktı, gözlerini hâlâ kızdan ayırmıyordu. Büyülendiği şey sadece saçları değildi. Onunla geçireceği günün nasıl gelişeceğine dair çok net bir fikri yoktu ama yaptığı bazı belirsiz tahminlerin hepsi silinip gitmiş gibiydi. İşin en garip yanı, aksine hiçbir şey olmamıştı. Gerçekten de kendisinden beklenmeyen bir şey yapmamıştı. Her şey o kadar aynıydı ki.

Yine de onun için özel olarak yemek pişirmesi, etrafındaki ev havası, darmadağın yemek masası, akrabaları ve yakınları hakkındaki o basit sohbet, zaman yavaş yavaş öyle büyülü bir rehavet içinde geçmişti ki, onu daha önce çıktığı pek de benzemeyen kızlardan çok uzaklara koymuştu.

Başını salladı ve lavaboya doğru ilerledi. Kız gerçekten de onun düşündüğü gibi biri miydi?

Hedefin Değerlendirilmesi

"Bunun için üzgünüm... Mümkün olduğunca hızlı olmak için elimden geleni yapacağım... "Pamela oturma odasına geri döndüklerinde aceleyle konuşuyordu.

Aha! Standart söz. Purab gülümsedi ve yine sessiz kalmayı tercih etti. Tarihte hiçbir kız bunu yapabilecek güce sahip değildi. Bir onay almak için geçmiş randevularını zihninde hızlıca gözden geçirdi ve bu cümleyi kendisine söylememiş tek bir kadın bile bulamadı. İster önerilen zamanda, ister biraz erken (en kötüsü) ya da geç gelmiş olun, her zaman beklemeye yazgılı olduğunuz, flört etmenin müjde niteliğindeki gerçeklerinden biriydi. Ve eğer bunun size verdiği rahatsızlığı en ufak bir şekilde fark ettiyseniz Tanrı yardımcınız olsun. Çünkü kızların hazırlanmak gibi bir ayrıcalığa sahip olmasından en ufak bir rahatsızlık duyamazdınız, bu büyük bir günahtan başka bir şey değildi.

Pamela arkasından pasaja doğru koştururken o da kanepeye çöktü. Yan duvardaki saate baktı. Saat 10'du. Öğle yemeğine kadar dönmez, diye yüzünü buruşturdu. Güzel, günün yarısı burada geçti, akşam onunla gerçek anlamda 'dışarı çıkacağı' sadece birkaç saat daha olacaktı.

Masanın üzerinde duran bir dergiyi aldı ve sayfalarını karıştırmaya başladı, gözleri ipli bikiniler giymiş birkaç sıska modelin resimlerine takıldı. Bir süre sayfalara bakmaya devam etti ve sonra iç çekerek onları gözünün önünden uzaklaştırdı. Bu resimler sadece kendisini kasten içine soktuğu çetin sınavın bilincini daha da yoğunlaştırmaya yarıyordu. Kabul, o gün için herhangi bir randevusu yoktu ama burada sıkışıp kalmak, sahte bir randevuda o 'insan defterini' beklemek yerine bir tane bulup diskoteğe doğru yola çıkması birkaç saniyeden az sürmezdi. Ne diye bu bahse girmeyi kabul etmişti ki? diye düşündü kasvetle.

Hadi ama Purab, hanım evladı gibi davranmayı bırak. Şikayet edecek neyi vardı ki? O burada görevde olan bir adamdı ve şimdi buna değmeyecek bir kadın için bile boyun eğmeye başlarsa ne yapacaktı? Onunla çıkma fırsatını tamamen şans eseri elde etmiş olabilirdi ama bunun nasıl sonuçlanacağı onun elindeydi. Ayrıca, unutmuş muydu, bu bahis sadece bu kızla bir randevuya çıkmakla ilgili değildi, bunu herkes yapabilirdi. Hayır, bu kız onunla çıkacaktı. Aradaki fark buydu ve hem de büyük bir fark. Pamela'nın seksen yıl geçtikten sonra bile hayatının bu tek gününü düşüneceğinden emin olacaktı.

Morali biraz yerine gelince, sayfaları yeniden ilgiyle çevirmeye başladı ve üzerinde en dar kıyafetler olan kızların resimlerine bakmak için tekrar durdu. Ne de olsa, diye düşündü, onun uğruna bu kadar zahmete girmişti, karşılığında o da biraz alabilirdi. Bu kızlar sıradan şeylerdi, kim bilir belki de bugünkü deneyiminden sonra onlara karşı daha dikkatli olabilirdi.

Dergiyi yerine koydu ve sonra başka bir dergiye göz attı. Bir süre ayaklarını yere vurduktan sonra cep telefonunu çıkardı. Kızlardan gelen 'Wru' WhatsApp'larını görmezden geldi, bazı arkadaşlarına uğrayan uzak bir kuzeniyle bilardo oynadığı yalanını söyledi ve ardından asıl işkencecisi olan faili dürtmeye karar verdi.

"Hey A," diye yazdı, "onun evindeyim ve hazırlanmasını bekliyorum," gözlerini devirdi. Aastha'nın spor ayakkabılarının üzerine solmuş bir kot pantolon ve Suraj'la her dışarı çıktığında giydiği o eski çuval gibi gömleği giymesi iki dakikadan az sürmüştü. Tanrıya şükür, bu kadın biraz zaman alıyordu.

"Başka bir kanıt olarak," diye yazdı ve sonra etrafına bakındı, "Buradaki kanepenin yanındaki küçük taburenin üzerinde denizkızı desenli küçük bir vazo var." Aynısının bir fotoğrafını çekti ve ona gönderdi. Umarım bu onun anlamsız kanıtlara olan doymak bilmez susuzluğunu gidermiştir, diye düşündü yine yüzünü buruşturarak. Temple Run'da bir tur oynadı ve ardından kapatmadan önce yedi tur oynadı.

Arkasına döndü ve bakışlarını Pamela ve ailesinin fotoğraflarına sabitleyerek, Pamela'nın daha göz alıcı bir versiyonu olan kız kardeşi olduğuna karar verdiği kadınla aralarındaki keskin zıtlığa baktı. Kadının kocasının da, başka bir resimde yanında duran adam olduğunu tahmin etti, iyi bir parça, şık ve zarifti, iyi bir boyu ve yontulmuş yüz hatları vardı. Benzer bir resimde Pamela'nın yanında duran bir erkek düşünüp düşünemeyeceğini merak etti ama birkaç denemeden sonra vazgeçti. Üniversitedeki erkeklerin hepsi aptaldı. Tek bir tanesi bile onu hak etmiyordu.

Karşısındaki duvara döndü ve asılı duran yeni, devasa plazma televizyona hayranlıkla baktı. Sehpanın üzerinde duran kumandayı aldı ve açtı. Birkaç kanalı karıştırdıktan sonra, her Hintli erkeğin DNA'sına vazgeçilmez bir şekilde işlemiş olan oyunu gösteren bir kanalda karar kıldı. Birkaç dakika içinde fark etti ki bu bir hafta önce izlediği bir maçtı ve bunlar sadece önemli anlarıydı. Ama Kohli'nin sahada vurduğu güzellikleri büyük bir zevkle hatırlayarak izlemeye devam etti. Hindistan Avustralya'yı nasıl da ezip geçmişti. Sharma'nın bir başka önizlemeli altılısı karşısında sevinçle haykırdı ve bir sonraki sahnede dışarı atıldığında inledi. Tanrı'ya şükür bunlar sadece önemli anlardı, aksi takdirde onu kanepeye yapıştırmak için süper yapıştırıcıya bile ihtiyacı olmazdı. Kohli bir sonraki top için hazırlanırken tekrar gülümsedi.

Kohli geri dönüp yanında durduğunda Kohli kendini iyice oyuna kaptırmıştı. "Ben hazırım," diye duyurdu yumuşak ama net bir sesle. Adam sinirli bir yüz ifadesiyle ona doğru döndü ve sonra gözleri büyüdü.

Hâlâ elinde tuttuğu uzaktan kumandanın güç düğmesine sertçe basan Purab aniden ayağa fırladı ve hâlâ şaşkınlık içinde ona bakmaya başladı. "Çok geç kalmadım.... değil mi?" Sinirle sordu. Adam cevap vermedi, sadece bakmaya devam etti.

Dar lacivert bir kot pantolon ve turuncumsu kırmızı şık bir gömlek giymişti. Gümüş ışıltılı ince bantlı topuklu ayakkabıları, gömleğiyle birlikte açık tenine iltifat eden hafif kırmızı allık dokunuşlarıyla süslenmiş yüzüne doğrudan bakmasını sağladı. Dudaklarına şeker pembesi rengi verilmişti, makyajının geri kalanına bakıldığında yoğunluğu ustalıkla ince tutulmuştu. Ucuz sokak giysileri takmayı tercih etmişti; boncuklu bir kolye ve bileklik ile tek taşlı minik tel küpeler, normalde gösterişsiz olan dekorasyonunda küçük çalkantılar yaratıyordu. Purab gözünü bile kırpamadı. Sadeliğin bu kadar nefes kesici olabileceğini hiç fark etmemiş, hiç görmemişti.

"Sorun nedir?" diye sordu endişeyle, onun kendisine ağzı açık bakmasından yanlış bir anlam çıkarmıştı. Sesini bir şekilde toparlaması için birkaç dakika daha geçmesi gerekti. Yine açık bıraktığı saçları bu kez özenle taranmış ve düzenlenmişti ama fön makinesinin etkisiyle daha da güzelleşen dalgalarından yoksun değildi ve yüzünü sararak büyülü aurasına katkıda bulunuyordu.

"Senin.... Specs.... sen...değil misin.... onları giyiyor musun?" diye kekeledi.

"Oh!" diye rahatlayarak nefesini bıraktı ve gülümsedi, "Hayır lens takıyorum."

"Ama... Ama... onlarsız çok daha iyi görünüyorsun..."

Yalan söylemiyordu. Gözleri kocaman ve saçları gibi gizemli bir şekilde siyah görünüyordu, kalın kirpikleri onları çevreliyordu, her birinde beyaz bir leke parlıyordu, ona şaşkınlıkla bakıyordu, ifadesi her zamanki cam bariyerleri tarafından çok bozulmamıştı. Güzelliği bugün tamamen gözler önüne serilmişti. Purab şimdiye kadarki cehaletini ve üniversitede onu dışlayan ve onunla alay eden tüm erkeklerin cehaletini fark etti. Ama itiraf etmek zorundaydı ki, bütün bunların nedeni, boynuz çerçeveli büyük gözlüklerinin yüzündeki en belirgin unsur olması ve dikkati tamamen onlara çekerek ötesine dair tüm farkındalıkları silip süpürmesiydi.

Kızardığına yemin edebilirdi; her ne kadar kızarmış gibi yapsa da, kadınsı ruhu kabilesinin 'sıradan' üyeleri gibi karşı cinsin ilgisinden muaf değildi. Ama onu ilk öven kişi olmaktan memnun olmak yerine, bu gerçek onu şok edici bir şekilde öfkelendirdi ve sinirlendirdi, "Neden, teşekkür ederim!" diye mırıldandı, göz kapaklarını utangaç bir şekilde indirerek.

Adam hâlâ ona bakıyordu. Mesele bu değildi. "Onları neden takıyorsun?" diye sordu. Kız ona aklını kaçırmış gibi baktı. "Onlar olmadan göremiyorum..."

"Şimdi göremiyor musun?" diye tersledi adam. Sözlerinin sertliği karşısında biraz irkildi ama sakince, "Şey... evet..." dedi.

"O zaman neden her gün o gözlükleri takıyorsun?"

Silik bir şekilde gülümsedi, "Sabahları geç kalkıyorum. Bu lensleri takmak için fazla zamanım olmuyor..."

Fazla zaman yok! Ders aralarında da boş zamanları yok muydu? Olamazdı, bunu bilecek kadar Psikoloji'deki kızlardan birkaçıyla çıkmıştı. Ve onlardan, bu kızın derslerine her zaman zamanında geldiğini, başlamadan 10 dakikadan az bir süre önce gelmediğini de biliyordu. Onun geç kalmaktan anladığı tam olarak neydi?

"Zamanın yok mu... yoksa canın istemiyor mu?"

"Gel gidelim..." diyerek tartışmayı daha fazla uzatmadı.

"Neden kendini başkalarından saklıyorsun?" Sanki onu duymamış gibi konuştu.

"Kendimi saklamak mı?" Kadın şaşkınlıkla, "Bu benim," dedi açıkça.

"Elbette," dedi alaycı bir tavırla, "Üniversiteye geldiğinde böyle mi oluyorsun? Hiç sanmıyorum."

"Ne olmuş yani?" dedi savunmacı bir tavırla, "Bunda büyütülecek ne var ki?

Anlaşma mı?"

"Çok mu önemli? Sonra da seni görmezden geldikleri, seninle konuşmadıkları için diğerlerini mi suçluyorsun?" dedi öfkeyle.

"Gözlük taktığım için mi?" dedi inanamayarak.

"Bana bir şey söyle," diye yanına yaklaştı, "Seninki gibi gözlük takan ben olsaydım benimle çıkmayı kabul eder miydin?" Ona meydan okudu.

Kız irkilmedi bile, "Neden, gözlük takmanın nesi yanlış? Bu bir suç mu?" Dişlerini sıktı. Bu dahiler gerçekten de aptaldı, "Peki ya gerçeği gizli tutmaya ne demeli ki insanlar ulaşmak için derinlere inmek zorunda kalsın. Kimin sabrı var, söyle bana?"

Kafası iyice karışmış bir halde ona baktı. "Siz kızların nesi var bilmiyorum," diye yakındı, "Şu anda ne kadar güzel göründüğünü söylesem üniversitedeki tek bir erkeğin bile bana inanmayacağını biliyor musun?"

Kızın yanakları kıpkırmızı oldu ve ona garip bir şekilde baktı, "Benimle flört etmek için bugünü mü seçtin yoksa?"

Böyle bir şey söylemeye hiç niyeti yoktu. Doğru, kızların iltifattan hoşlandığını biliyordu ama bunlar kesinlikle ona yağdırmak istediği övgüler değildi. Daha iki kez düşünemeden kelimeler ağzından dökülmeye devam etti. Buna nasıl sebep olmuştu? Purab, kendisi bu kadar şokta kalırsa diğer çocukların durumunun ne olacağını merak ediyordu.

"Konuyu değiştirmeye çalışma," diye karşı çıktı Purab öfkeyle, "Bana cevabı söyle, yine de benimle çıkar mıydın?"

Kadın bir an için ona baktı ve yavaşça, "Neden olmasın? Gerçekte kim olduğunuza dış görünüşünüz mü karar veriyor?"

"Peki bu, dış görünüşün ihmal edilmesi gereken bir şey olduğu anlamına mı geliyor?" başını salladı, "Özellikle bu zamanlarda yapılabilecek şeyler varken o da var."

Gözlerini kaçırdı, "Benim için değil, hepsi yapay..." dedi inatla. Purab'ın öfkesi sınır tanımıyordu, tıkanmış beynindeki mantığın bir kısmı dışarı çıkana kadar onu sarsmayı aklından geçiriyordu. İnançları hâlâ o kadar ilkeldi ki.

"Hayır, öyle değil. Senin düşüncelerin. Diğer duyuların devreye girmeden önce seni yönlendirenin gözlerin olduğunu bilmek için psikoloji öğrencisi olmama bile gerek yok. Biraz hayranlık kazanmak için biraz çaba gerekir, bu kadar basit. Başları döndürmek için gereken her şeye sahipsiniz ve yine de bu konuda hiçbir şey yapmıyorsunuz. Bunun yerine, saçlarınızı sıkıca arkadan bağlayarak ve o kocaman, modası geçmiş aptal gözlükleri takarak güzelliğinizi daha da aşağılıyorsunuz. Bu suçtan başka bir şey değil mi?"

Dudaklarını büzerek dinlemeye devam etti. Sonra hafifçe gülümsedi ve yumuşak bir sesle, "Tamam, kabul ediyorum, belki biraz haksızlık ettim, değil mi?" dedi.

Henüz bitirmemişti, "Sadece kendine değil. Ya başkalarının seni olduğu gibi tanımasına izin ver ya da seni görmezden geldikleri için onları suçlamayı bırak..." diye söylendi.

Şimdi incinmiş görünüyordu. Ama yavaşça nefes verdi ve "Anlaşıldı. Şimdi başlayalım mı?" Purab şimdi kendini garip hissetmeye başlamıştı. Aslında ona bağırmak niyetinde değildi, "Bana bak," dedi yavaşça, "özür dilerim. Bunu yapmak istememiştim...."

"Sorun değil," diye gülümsedi kadın, "Gel gidelim," diye kapıya doğru döndü. Kadının sessizliği onun utancını daha da arttırdı. Onun nesi vardı böyle? Bazıları onu ölçüsüz bir şekilde sinirlendirmekten kaçınmasa da hiçbir randevusuna bağırmamıştı. Randevuya çıkan tüm kızlar dış görünüşlerini normalden biraz daha fazla yüceltme zahmetine katlanırdı. O da farklı değildi. O halde neden onu gördüğünde sabrı tükeniyordu? Bir kıza böyle mi davranılırdı Purab Chaddha? diye kendi kendini azarladı. Tamam, bunca zamandır kasıtlı olarak gölgelerde yattığı için suçluydu ama başkalarının onun hakkında ne düşündüğü neden birdenbire onun için önemli olsun ki? Bilinçaltında buluşmalarını bir randevu olarak işaret ettiği için mutlu olmalıydı. Hayatında ilk kez güzel görünüyordu ve tüm bunları onun iyiliği için yapmıştı. Kendisiyle gurur duyması gerekirken, ona bu kadar kibirli davranmıştı.

Aslında öyle olmadığına karar verdi, gerçekten de mutlu hissediyordu. Bu sadece......

Kapıyı açmadan önce ona döndü, "Yola çıkmadan önce bir şeyi açıklığa kavuşturmak istiyorum," dedi ciddiyetle, "Bu bir randevu değil.... "Ve görünüşüm hakkında yorum yapmaya hakkın yok, diye düşündü Purab suratsızca. Elbette ondan başka ne bekleyebilirdi ki? Bu kızların hiçbir özelliği olmadığı halde dış görünüşleri konusunda son derece alıngan olan o kabile değil miydi? Ama kendi davranışlarına daha çok üzülüyordu. Şimdiye kadar hiçbir sevgilisini kendisine bağırmaya itmemişti.

".......bu iki arkadaşın gezintisi ve arkadaş olarak eşit olmamız gerekiyor, ne eksik ne fazla...." Gözlerini kırpıştırdı. Söylediği şey bu muydu?

"Bir erkeğin bir kadına karşı sözde nezaketine kesinlikle gerek yok. Nereye gidersek gidelim, ne yaparsak yapalım..." eli omzunda asılı duran kahverengi deri çantanın askısına gitti, "Kendim öderim.... Hayır lütfen..... itiraz etmeyin." Adam ağzını açtığında elini ona doğru uzattı, "Kararımı değiştirmemi sağlayamazsınız." Sözlerini kesin bir şekilde bitirdi ve kapıyı açmak için geri döndü.

Adam aslında itiraz etmek için ağzını açmamıştı. Onu saran duygu, şaşkınlıkla karışık bir rahatlamaydı. Şimdi onun ince bedeninin evinin eşiğinden geçip verandaya çıkışını izliyordu. Yine de itiraz etmeyecekti, nakit sıkıntısı çekiyordu ve eğer kendisi için harcama yapmaya hazırsa, başımızın üstünde yeri vardı. Kadının bunu dile getirme biçimi onu hem eğlendirmiş hem de şaşırtmıştı. Oldukça açık sözlü bir kadındı. Ama yine de aklından geçenleri anlayamıyordu.

Yemin Hazırlanması

"**U**marım çok geç kalmamışımdır..." Purab'ın park halindeki motosikletine doğru yürürlerken, "Umarım çok geç kalmamışımdır," dedi. "Hiç de değil... "Purab hazırlıksız bir şekilde cevap verdi ama aslında doğruyu söylediği için memnundu. Onu daha önce gördüğü darmadağınık görüntüsü ve şimdi temsil ettiği göz kamaştırıcı zıtlıktaki sevimliliğiyle ondan oldukça etkilenmişti, aldığı süre geçmiş deneyimlerine dayanarak tahmin ettiği miktarın sadece bir rakamıydı. Bununla birlikte, diğer tüm kızların başvurduğu tüm fırfırları ve hayranları koymamayı seçtiğini hayal etmek çok zor değildi. Ama bu, onun zamanına ve sabrına önem verdiğini gösteriyordu. Artık çok erkenciydiler; çok uzak olmayan alışveriş merkezine ulaşmaları ve öğleden sonraki gösteri için sinema biletlerini almaları birkaç dakikadan fazla sürmezdi.

O sırada trafiğin yoğun olmaması, Ludhiana'yı kasıp kavuran metro patlamasının himayesinde yükselen altı katlı cam duvarlı kaleye doğru yaptıkları kısa yolculuğun süresini daha da kısaltıyordu. Purab'ın kendi memleketi de bu tür alışveriş merkezleriyle doluydu ve bu nedenle burası onun için ek bir cazibeye sahip değildi. Ancak burası şu anda şehirdeki en büyük ve en iyi alışveriş merkeziydi ve sakinlerini oldukça etkilemişti. Ve burası hem üniversitenin nüfuzlu kişileri tarafından tuhaf randevu seçimiyle görülmeden hem de aptal sersemin bahse koyduğu kanıt koşulunu yerine getirmek için mağazalara akın eden müşteri orduları tarafından görülmeden aylaklık etmek için ideal bir yer gibi görünüyordu.

Alışveriş merkezinden biraz uzakta bir ofisin yanına park etti ve ikisi binaya doğru yürüyerek içeriye giden mermer basamakları tırmanmaya başladı. "İçindeki hayvanı serbest bırakabilir..." dedi Purab, buradaki önceki birkaç randevusunu hatırlayarak uyarırcasına ama o sadece başını salladı. "Naah... Satın alma havamda değilim, sadece göz atacağım..."

O da öyle yaptı. İkisi de etrafta dolaşıyor, dükkanlara takılıyor, sergilenen ürünler hakkında sohbet ediyor ve şakalaşıyorlardı. Purab'ın hiçbir kızın elinden bırakmayacağını düşündüğü bazı ürünlerden ne bir şey satın aldı ne de en ufak bir cazibe belirtisi gösterdi. Bir şeyi beğendiyse ya dokunur ya da en fazla eline alır, iyice inceler ve sonra bırakırdı. Arada sırada dükkânda çalan bazı melodileri mırıldanıyor ya da ilgisini çeken bir şeye bakmak için bir süre duruyordu ki Purab bir süre sonra bunların çoğunlukla fırfırlı atletler ya da oyuncak ayılar olduğunu fark etti. Günümüzün tipik kızlarından biri olduğuna karar verdi, yani ona ulaşması uzun sürmeyecekti.

Bir erkeğin kalbine giden yol midesinden geçiyorsa, bir kadının kalbine giden yol da kesinlikle kulağından geçiyordu. Hiçbir şey bir kızı, en tuhafından en aptalına kadar uzanan bitmek bilmez gevezeliklerini dökebileceği güvenilir bir çöp kutusu kadar memnun edemezdi. Bu, bir kadını memnun etmenin temel ilkelerinden biriydi, Purab'ın en başından beri bildiği ve tüm üniversite arkadaşlarının sefil bir şekilde başarısız olduğu ve sonra haksız yere ona yumruk salladığı bir şeydi. Bu adamlar sevgililerine serserileri gibi davranmayı beklerse ne yapabilirdi ki? O zaman aradaki fark nasıl kalacaktı?

Bir kız için en yakın arkadaşının o 'şirin' ruju ya da kendisinin sevdiği ama Pomerian'ın sevmediği o elbiseyi ele geçirmesinin, 'çürük' belinin birkaç santim uzamasının, Varun Dhawan'ın neden evlenmemesi gerektiğinin, annesinin artan bağımsızlığına yönelik imalı sözlerinin, bir sonraki parti elbisesinde kendisini ne kadar daha fazla göstermesi gerektiğinin, bacaklarının bu durum için uygun şekilde ağda yapılıp yapılmayacağının önemli olduğunu anlamak neden bu kadar zordu? Rakhi Sawant'ın benzer bir elbiseyle ne kadar iğrenç göründüğünü, kız kardeşinin ne kadar şirret olduğunu, eski erkek arkadaşının ona ne kadar çok kısıtlama getirdiğini, yeni 'Kasauti Zindagi Ki'nin eskisiyle pek uyuşmadığını, en yakın arkadaşının aşık olduğu üniversitedeki sevimli çocuğu, en son %50 indirim yapan mağazayı, en son çıkan filmi, küçük erkek kardeşinin ona söylememesi gereken en son suicide squad aksiyon figürünü, yepyeni kalem topuklu ayakkabılarını ve benzerlerini? Ve eğer hala bir anlam ifade etmiyorsa, bu gerçeğin yüzünüze bu kadar açık bir şekilde yansımasına izin vermek daha mı iyiydi?

Randevusuna dikkat etmemek bir insanın yapabileceği en affedilmez ölümcül hataydı ve Purab buradaki erkeklerin bunu ne kadar sık yaptığını görünce dehşete düşmüştü. Keşke onu dinleselerdi. Dersler onları sıkıyordu ama eğer bu işin tüm püf noktaları tek bir kelimeyle özetlenebilseydi, bu 'dinlemek' olurdu. Ya da en azından dinliyormuş gibi yapmak.

Bu noktada da teorilerinin hiçbiri çürütülemedi. Pamela hiç durmaksızın konuşmaya devam ederek sessiz doğası hakkındaki tüm varsayımları çürüttü. Konuşması da her kızın sahip olduğu saçma sapan gereksiz bilgilerden oluşuyordu. Ama binanın katlarını tırmanırken ve dükkânlara girip çıkarken Purab kendini hâlâ tüm dikkatini kızın tuhaf bir şekilde tanıdık gelen ama hiç konuşulmayan konularına verebilecek durumda buluyordu. Ona anlattığı şeylerde ya da anlatma yöntemlerinde gerçekten zekice bir şey yoktu ama Purab onun konuşmalarıyla belli belirsiz ilgilendiğini görerek daha da şaşırdı.

Cevap birkaç dakika içinde netleşti. Kız konuşurken bile Purab'ın konuşmanın içinde kalmasını sağlıyordu. Ne zaman ilgisini çeken bir nesne görse, ona bu nesne hakkında bir şey bilip bilmediğini soruyor, ardından tarihçesi, farklı kullanımları, etrafta dolaşan dedikodular hakkında kendince bazı bilgi kırıntıları ekliyor ve onun toplayabildiği birkaç sıradan noktayı dikkatle dinledikten sonra cümlelerinden birinden doğan başka bir düşünce hattına geçiyordu. Buna ek olarak, ara ara durup ona sevdiği ve sevmediği şeyleri soruyordu.

Üçüncü kata ulaştıklarında, onun en sevdiği filmi, rengi, doğum gününü ve en sevdiği turistik yeri biliyordu. Ve kendilerini merdiven boşluğunda bulduklarında, ona en sevdiği öğretmeni, en sevdiği akrabasını ve hatta en sevdiği kıyafetleri bile sormuştu. Verdiği her yanıttan sonra o özellikten ya da genel olarak bu tür özelliklerden bahsediyordu. Her şeyin sevdiği şeylerle ilgili olması, onu zahmetsizce konuşmaya yapıştırdı ve normalde olduğundan biraz daha fazla katkıda bulundu.

Değişiklik olsun diye tartışmanın merkezinde olmak iyi hissettiriyordu. Kendini kaptırmak için başka bir davete gerek yoktu. Daha önce de kız arkadaşlarıyla sohbet etmişti ama Purab hayatında ilk kez bir sohbeti tek bir an bile numara yapmadan geçebildiğini fark etti. Doğru, hiçbir randevusu onu incelemek için bu kadar derine inme zahmetine girmemişti. Ama hiç şüphesiz, kız iyi bir konuşmacıydı ve eğer gerçekten de 'arkadaşça' bir gezi bahanesine ve birbirlerini tanıma şansına inandıysa, kesinlikle iyi bir ilerleme kaydetmişti.

"Tayland yemeği sever misin?" diye sordu ikisi de alışveriş merkezinde bir şubesini açmış olan çok mutfaklı bir restoran olan 'Nirvana'nın önünden geçerken. Restoran üniversite öğrencileri, özellikle de çiftler arasında çok popülerdi ve Purab, Sejal'le oraya en son gittikleri zamanı hatırlayarak gülümsedi ve "Uğruna öleceğim bir şey değil, kabul ediyorum, sadece önünden geçeceğim" diye cevap verdi.

"Djinn's Fashion Fiesta'da Tayland yemekleri servis ettiklerini duymuştum," diye belirtti. "Evet..." diye sırıttı, "muhteşemdi." Moda şenliği, BT'nin Moda Tasarımı öğrencilerinin her yıl düzenledikleri ve çocuklar için en çok izlenen etkinliklerden biriydi. Verilen ödüller, coşkulu müzik, nefis yemekler ve özel olarak inşa edilmiş rampadan aşağıya doğru süzülen daha da nefis modellerle büyük bir partiyle sona erdi. Etkinliğin bir diğer avantajı da arkadaşlarınızla hasret gidermekti ve BT'de kim var kim yok herkes oradaydı. Defileye çok sayıda moda tasarımcısı ve hatta bazen televizyon yapımcıları katıldığı için bazı hevesli modellerin kariyerlerine de ivme kazandırdı.

"Tasarımlar da çok tazeydi, değil mi?" O anları bir çırpıda aklından geçirerek sordu.

"Öyle olmalı." dedi basitçe.

"Sen gitmedin mi?" diye sordu. Muhtemelen sadece yemeği kaçırdığını düşünmüştü, çoğu kızın gittiği saat gece yarısına yaklaşırken servis yapılıyordu.

Kadın başını salladı. Adam hiçbir şey söylemedi. Ne de olsa gitmesinin ne anlamı vardı ki? Ama şimdi nasıl bakıyordu.....

"Tayland yemekleri fena değil," diye başladı, "ama ben Çin yemeğini tercih ederim."

"Ben de öyle..." diye gülümsedi.

"Rodeo'daki Muson Balosu'ndaki yemekleri beğenmiş olmalısın.... Onlara bayıldım."

"Ben.....uh... gitmedim..." dedi utangaç bir ifadeyle.

"Ha? Neden?"

"Şey... Yapamadım..."

O zaman hatırladı. Etkinliğin katı bir 'sadece çiftler' kuralı vardı.

"Yazık. Harika bir partiydi..."

"Duyduğuma göre," diye gülümsedi, "DJ Sancho'yu da getirmişler, değil mi?"

"Evet. O iyi... Daha yeni başladı. DJ Saurav'ın geçen yılki 'The Mystic Baisakhi Blast'ta çaldığı melodileri geçemez."

"Bir tane mi vardı?" O sordu.

Neydi bu kız? Ölü mü? Nasıl olur da bunu bilmez? İkili bir gruba ya da hatta bir gruba bile gerek yoktu. Herkes içeri girip hayatının en güzel anlarını yaşayabilirdi. Sinirli bir yüz ifadesiyle ona döndü ve sakin bir ifadeyle korkulukların aşağısından alışveriş yapan kalabalığa bakarak, "Peki film ne kadar sürecek?" diye sordu. Aniden sordu.

"Ha?" Unuttuğunu fark etti. Saatine baktı. 12.20. Saat 13.30'da bir gösteri planlamıştı. "Daha çok zaman var." Dalgınca, bakışlarını tekrar altlarındaki manzaraya çevirdi.

"Bir yerlerde bir şeyler atıştırmak ister misin?" Kadın sordu.

Adam başını salladı. "Aç değilim." Sabahtan beri sindirmesi gereken iki ağır yemek vardı.

"Öğle yemeği yemek istemiyor musun?" Kadın konuştu.

"Hayır," diye tekrar cevap verdi, "Filmden sonra yeriz."

"Olur mu? Acıkmayacak mısın?"

Bu, adamın ona dönmesine neden oldu. Kadın gözlerini kaçırdı, yanakları cızırdıyordu. Purab onun minicik kahvaltısını ve ona yemek hazırlamak için harcadığı tüm enerjiyi hatırladı ve sonra bu uydurma randevuları için aceleyle hazırlandı. Şimdiye kadar çok acıkmış olmalıydı. "Yemek ister misin?" diye sordu nazikçe.

"Uh... Hayır..." Yanakları daha da kızarmıştı, "Sadece sorayım dedim."

"Gel şuraya gidelim," diyerek arkalarındaki restoranı işaret etti, "Bir şeyler yiyebilirsin."

"Hayır... Aç değilim," dedi hızla. Adam merakla ona baktı, "Bir şeyler yiyebilirsin. Benim için sorun değil..."

"Hayır... Hayır... Yemek istemiyorum," diye cevap verdi aceleyle ve hışımla uzaklaşmaya başladı.

Purab şaşkın şaşkın bakakaldı. Onunla yemek yemeyeceği için mi öğle yemeğini ertelemişti? Kızların pahalı biftekler ve ordövrler sipariş etmesini sağlamak için parasal nedenlerle kendi payından kesinti yapmak zorunda kaldığı ve diğer yandan diyet yapanlarla iyi geçinmek için tamamen özensiz organik yiyecekler atıştırmaktan başka çaresi kalmadığı sayısız zamanı düşündü. Kim bu kadar rahatsız olmuştu ki? Bu kızı etkilemek için ettiği yemini düşünmek onu belli belirsiz üzüyordu. Belki de her şey çok ileri gidiyordu.

Birkaç adım sonra ona katılmıştı. "Hey Pam," diye omzunu okşadı. Kız özür dilercesine ona dönüp sanki iğrenç bir suç işlemiş gibi bakınca Purab yüksek sesle gülmek ve aynı anda kafasını duvara vurmak istedi. "Gel, bir yerlerde yemek yiyelim." Sesini bir şekilde dizginleyerek söyledi.

"Hayır..." dedi çocuksu bir inatla, "Benim için sorun değil."

Adam sırıttı. Bu kadar küçük bir şeyi nasıl sorun haline getirebilirdi? "Sorun değil Pam. Hadi gidelim."

"Hayır... Hayır," sesi titriyordu, "Sorun yok."

"Cidden Pam...", bu ne kadar saçma olmaya başlamıştı?

"Lütfen... hayır," dedi aniden ve arkasını döndü, "gel gidelim."

Hadi ama, iyi bir kızsın, demek geldi içinden. İşler nasıl bu noktaya gelmişti? Hayret etti, onun hareketini hem cüretkâr bir şekilde aptalca hem de tutarsız bir şekilde tatlı buldu. Onu kendi isteklerine boyun eğdirebileceğini mi sanıyordu? Öfkeyle düşündü. Ama tam tersi olmuştu, değil mi? Onun yemeğe olan tüm ilgisizliğine boyun eğen oydu.

İç çekerek ona yaklaştı. Eğer onun duygularına bu derece saygı duyacaksa, en azından o da kendi duygularına saygı duyabilirdi. "Canım hafif bir şeyler atıştırmak istiyor." Onu bir köşedeki küçük bir chaat tezgahına doğru yönlendirirken elini sıkıca tuttu.

Ve Tuzak Kuruldu

"Nasıl oldu?" diye sordu. Ağzına bir kaşık dolusu kırık Paapdi koydu. "Fena değil," diye mırıldanarak cevap verdi.

Her ikisi de taş bir bankta oturmuş paapdi chaat ve bhel puri ile ziyafet çekiyor ve yoldan geçen farklı insanları izliyorlardı. "Evet," diye onayladı, "Sokak satıcılarının chaat'lerinin tadı yok."

"Hmmm..." diye söze başladı, "Tecrübelerime göre, kesinlikle chaat'lar ve ayak takımı ile ilgili olarak, üretici hijyen kurallarını ne kadar çiğnerse, yemekler dilin arzuları açısından o kadar başarılı oluyor." O kadar gerçekçi söylemişti ki, sözlerini bitirdiğinde kadın kıkırdamaya başlamıştı.

"Hayır, cidden söylüyorum. Üniversitenin çimlerindeki Holi şenliğinde, üniversiteden birkaç blok ötede rabri, chaats ve tatlı satan bir adam var. Onu görmemiş olabilirsiniz ama küçük dükkanının sürekli ziyaretçisi olan sineklerin büyüklüğüne tanık olsaydınız, o gün dağıttığı atıştırmalıklara asla küfretmezdiniz." Gülümsedi, "Paramızın karşılığını kesinlikle aldık." Ona sırıttı.

"Bunu bilmek güzel..." diye belirtti. Purab'ın gülümsemesi soldu ve bir kez daha içini büyük bir öfke kaplamaya başladı. Buna bile mi katılmamıştı? Onun nesi vardı böyle?

"Sorun nedir?" Bir şeylerin ters gittiğini fark etmişti.

Başka tarafa baktı. "Üniversitenin hiçbir etkinliğine katılmadın..." dedi kısaca. "Ah..." sesinde bir anlayış vardı, "Pek sayılmaz..." diye itiraf etti.

"Peki buradaki bahane ne?" Ona geri döndü.

"Ne var bunda?" diye geçiştirmeye çalıştı, "Onları pek özlemiyorum."

Onları özlemek! Delirmiş miydi? Üniversite hayatının tadını şimdi çıkarmayacaksa ne zaman çıkaracaktı? 80'lerinde mi?

"Bu yüzden mi gelmiyorsun?" Adam karşı çıktı.

"Kısmen evet," diye alaycı bir yarım gülümseme verdi.

"Peki ya diğer yarısı?"

Ona baktı ve mahcup bir ifadeyle, "Birlikte gidebileceğim bir arkadaşım yok," dedi.

Öfkesi artık hiçbir bağ tanımıyordu. Ne demeye çalışıyordu, arkadaşı yoktu. Onun sınıfından epeyce kız tanıyordu ve hepsinin arkadaş canlısı, uzlaşmacı insanlar olduğuna, diğer bazı sınıfların konuşmadan önce önlerine gelen herkesi topuklarının hizasına yerleştiren züppe sürtükleri gibi olmadıklarına ikna olmuştu.

"Kimin suçu bu?" Keskin bir sesle söyledi.

"Ne demek istediğini anlıyorum..." diye başladı. Sözünü bitirmemişti, "Her şey yanında, etrafındaki herkes yanında, yine de aldırış etmiyorsun. Sana arkadaşın olmadığını kim söyledi?"

"İzin verirsen," dedi nazikçe, "bana bu yüzden gelmedin mi? Arkadaşa ihtiyacım olduğunu düşündün."

"Evet, öyle..." "Ama... ama..." dedi.

Bunu söylemişti, değil mi? Ona ulaşmak için bir bahaneye ihtiyacı vardı. Ve yüzüne apaçık bakanı yakalamıştı.

Bu onu daha da sinirlendirdi, "Onlara bir şans vermediğinizde insanlar ne yapmalı?"

Gülümsedi, "Gözlük taktığım için mi?"

Bu söylenecek en yanlış şeydi. "Konuyu değiştirmeye çalışma." diye karşılık verdi, "Neden bahsettiğimi çok iyi anlıyorsun."

"Kulağa aptalca geliyor," dedi biraz korkmuş görünerek, "Ama ben..."

Şimdi öfkeliydi, "Sen onlarla konuşmazken insanlar neden seninle konuşsun? Kimse buraya başkaları için gelmiyor. Ne istiyorsan kendin bulmalısın."

"Denemediğimi mi sanıyorsun?" diye sordu ona.

Elbette, başka ne olabilirdi ki? Eğer deneseydi, bir bahis yüzünden onunla çıkar mıydı?

"Eğer denediysen, yeterince zorlamamışsın demektir. Bunun bir anlamı yok."

"Benim için, evet. Kimse çok fazla çabalamaya değmez," konuşurken ona bakmıyordu, sanki bu konuda konuşmaktan utanıyormuş gibi, "Sadece kendini aptal durumuna düşürürsün."

"Peki ya senin uğruna kendilerini aptal yerine koyan insanlar? Dogra'nın iyi niyetli teklifini reddettin çünkü sana acıdığını düşündün. Acımak mı? Teklif etmek için bir sürü kız arasından seni seçtiğinde sana acıdı mı? O üniversitedeki en iyi adamlardan biri, kadınlara saygı duyuyor, onlara kraliçe gibi davranıyor. En azından onunla gelseydiniz, kim bilir baloda binlerce arkadaş edinirdiniz. Ama yanlış inançlarınız ve fikirleriniz yüzünden bunu yapmadınız. Ve denemeye bile değmeyeceğini düşünüyorsun. Ona bunu söylediğinizde ne hissettiğini hayal ettiniz mi?"

Ona döndü, "O değildi, Purab. Hata onda değildi. Bendim..." sesi kesildi, "Bana acıdığı için sormadığını biliyordum ama belki de öyle olduğunu aklımdan çıkaramıyordum. Bir buçuk yıllık kısırlıktan sonra ne hissetmem gerekiyordu? Tamamen görmezden gelinmek, hiçbir yere davet edilmemek, hiçbir şeyden haberdar edilmemek..."

"Yani? O geçmişte kaldı... Her şeyin üstesinden gelmek için mükemmel bir fırsatın vardı."

"Evet, vardı. Ama... ama bunu kaldıramadım. Doğru gelmedi. Ritesh çok iyi bir insan ama onun için uygun olmadığımı biliyordum. Eğer bana çıkma teklif ettiyse, kesinlikle benim için üzüldüğündendir. Öyle olmayabilirdi ama bunu aklımdan çıkaramıyordum. Eğer kabul etseydim ve onunla gelseydim, bu düşünce hala aklımın bir köşesinde duracaktı. Boğazımda bu kadar boğucu bir şey varken eğlenemez, arkadaş edinemezdim. Ve o, onu reddettiğimde çektiğinden çok daha fazla acı çekecekti. Onunla çıksaydım, kesinlikle geceyi onun için mahvetmiş olurdum..."

Purab şaşkınlık içinde ona baktı. Biri ona bunu söyleseydi Dogra ne hissederdi?

"Herkes birbirine benzemez Purab. Bazılarımız senin kadar şanslı doğmuyor, herkesi arkadaş edinme yeteneğine sahip değiliz," parmaklarını şıklattı, "aynen böyle. Ben ne o kadar kıvrak zekalıyım, ne o kadar laf ebesiyim, ne de o kadar çekiciyim. Benim için arkadaşlık birkaç merhaba, merhaba ve nasılsın ile başlamaz. Başlasa bile uzun sürmez." İç çekti.

"Çoğu insanla aynı ilgi alanlarına, duygulara ve düşüncelere sahip değilim. Biriyle konuşmaya başlamam gerektiğinde çok düşünmem gerekiyor, hiçbir şey kendiliğinden gelmiyor. Ayrıca, başlangıçta bir şey var ki, birkaç dakika boyunca kendini bırakmıyor. O gün bunu siz de yaşadınız, size açılmam neredeyse bir saat sürdü."

Bir saat mi? Purab merak etti. Onunla yarım gün geçirmişti ama yine de onun hakkında tüm randevularının toplamından daha fazla şey biliyordu. Eğer onun tarafında bir açılma varsa, bunu nihayet şimdi yapıyordu.

"Bu hep böyleydi. Diğerlerinden farklı olduğumu biliyorum. Ve pek de olumlu anlamda değil. Ben onlar gibi değilim, bu yüzden onlarla anlaşamıyorum. En azından çok kolay değil. Tanrı biliyor ya, elimden geleni yaptım. İlgimi çekebilecek şeyler hakkında konuşmaya, bir gruba girmeye, genel dedikodulara katılmaya çalıştım. Ama hiçbiri işe yaramadı. Buradaki hiçbir grup tarafından kabul edilmedim ve her zaman hiçbir yere ait olmadığım hissiyle baş başa kaldım. Az önce bahsettiğiniz fırsatları değerlendirmeyi bile denedim. Hepsinin yalan söyleyemeyeceğini düşünerek yanıma gelen bazı çocuklarla arkadaş olmaya çalıştım, ancak ertesi gün tamamen görmezden gelindiğimi fark ettim. Sadece bir an için. Ya da son zamanlarda olanlara bakılırsa, belki de bir şaka." İçini çekti.

"Bunu hak etmediğimden değil. Kimseyi suçlamıyorum. Neşeli, parti yapan tiplerden değilim, bu yüzden hiçbir yere uymuyorum. Aslında tüm bu gösterişli partilere, etkinliklere ve diskolara gitmediğim için pişman olduğumu söylemeyeceğim. Sadece insanların onlardan övgüyle bahsettiğini duyduğumda hata yapıp yapmadığımı merak ediyorum."

Öyleydi. Hem de büyük bir hata. Torunlarına üniversite hayatı hakkında ne anlatacaktı?

"Bütün bunları düşünmenin faydası yok. Kendimi başkaları gibi şekillendirmek gibi bir şansım yok. Bir ya da iki kez birkaç partiye gitmeyi denedim ama hepsi sefil bir başarısızlıktı. Arkadaşın Parminder, onunla Yorkshire Club'a kadar gittim, onu biraz tanıyorum."

Burası üniversiteden sadece kısa bir mesafedeydi ve süslü ismine rağmen hiçbir önemi yoktu. Sıradan atıştırmalıklar sunan küçük bir barakaydı ve her gün tüm öğrencilerin gizlice girdiği bir yerdi.

"Ama beni unutması birkaç dakikadan fazla sürmedi. Her zamanki arkadaşlarının arasına daldı ve sonra ben hiçbir yerde değildim..."

Bunu o mu yaptı? Ne pislik ama! Onun gibi birini hak etmiyordu. Sadece o gün onun yerine Parminder'i seçen kişi gibi beyinsiz sürtükler onunla takılabilirdi.

"Onu yanımda tutabilecek bir şeye sahip olduğumdan değil. Aynı şey grup arkadaşlarım için de geçerli. İnsanlar bir dereceye kadar kibar ama kimse beni hayatına almak istemiyor. Bir süre sonra kalabalığın ortasında olmanıza rağmen kendinizi yapayalnız hissediyorsunuz. Bu konuda bir şey yapamıyorsunuz... Ben böyleyim."

O neydi? Purab hayret etti. Şimdiye kadar onda, kendisini bu duruma sokabilecek herhangi bir yanlışlık bulamamıştı. O da diğer herkes gibiydi. Yine de söylediklerine inanmak zor değildi. Onun farklı oluşu çok çarpıcı bir incelik taşıyordu. Kimsenin onunla konuşmadığını, onu dikkate almadığını, arkasından güldüğünü, onu kabul etmek istemediğini çok iyi hayal edebiliyordu. Bahis olmasaydı, kendisi de ona asla yaklaşmazdı, diye düşündü hüzünle.

"Ne söyleyeceğinizi biliyorum. Onlar olmadığını biliyorum. Benim. Yoksa pek çok insan.... Sesimi yükseltmediğim, üniversitede neler olup bittiği hakkında hiçbir şey bilmediğim, en moda kıyafetleri giymediğim, makyaj yapmadığım, gözlük takmadığım için olduğunu biliyorum..."

"Bu gerçekten önemli değil Pam," dedi yatıştırıcı bir sesle, "Eğer bir şeyden rahatsız oluyorsan, neden yapıyorsun?" Bunu söyleyen o muydu? Olamaz!!

"Seninle ilgili bir sorun olsaydı, seninle konuşmazdım..." Aslında bu doğruydu, "Pişman olacağın, şikâyet edeceğin hiçbir şey yok. Sadece henüz kimse seni tanımıyor. Tek yapman gereken ortaya çıkmak ve kendin olmak..."

Yumuşak bir sırıtma yaptı. "Ama neden böyle olduğum konusunda kendimden başka suçlayacak bir şeyim olmadığını sanıyordum."

"Evet, çünkü bu konuda hiçbir şey yapmıyorsun. Yavaşlıyorsun, durgunlaşıyorsun, aptal inançların içinde çürüyüp gidiyorsun. Bir avuç insan seni kabul etmeye hazır değilse, bu senin hayattan zevk alma hakkını elinden mi alıyor? Canları cehenneme! Sen güçlü, bağımsız bir kızsın, neden diğerlerine ihtiyacın olsun ki?"

"İhtiyacım yok. Senin bağımlılık olarak gördüğün şey sadece bir zorunluluk ama öyle. Ben elimden geleni yaptım. Sonunda vazgeçmiş olmam yanlış olabilir ama kimse o kadar ileri gitmeye değmez. Tam olarak ne olduğunu bilmiyorum ama bende sizin koşullarınızda hayattan zevk almamı engelleyen bir şey var. Bu partilerden bazılarına gittim, kendimi bu düşüncelerle hazırladım ama bir süre sonra tek başıma kaldığımda kıkırdayan, sohbet eden ve dans eden diğerlerine bakarken çok... çok midem bulanıyor. Faydası yok. Bu gibi şeyleri tek başına atlatmanın bir yolu var mı?"

"Neden olmasın?" Purab sordu. Arkadaşlarının ve hatta sevgililerinin olmaması, istediğin yerlere gidememek için bir bahane olamazdı.

Birdenbire parlak bir gülümsemeyle onu şereflendirdi ve onu daha da şaşırttı. "Sevgili Purab, bunu asla ama asla bilmeyecek kadar şanslı insanlardan birisin."

Kadın aniden arkasını döndü ve arkasına dönüp baktığında Purab onun dudaklarının tedirgin bir yüz ifadesiyle ters döndüğünü, gözlerinin kenarlarının yaşlarla dolduğunu görünce dehşete kapıldı. "Lütfen Purab," diye başladı hafif boğuk bir sesle, "hayal ettiğim ideal kişi olmadığımı biliyorum ve bunun iyi mi kötü mü olduğunu bilmiyorum. Burada kimseyi suçlamıyorum. Boyutunu bilmiyorum ama bir kez olsun yeterince katkımdan bahsedildi. Bu gerçekten acı verici bir konu ve sizden bunu daha fazla tartışmamanızı rica ediyorum. Çünkü şu anki durumumdan ne kadar sorumlu olduğumu bilmiyorum ama eğer bugün gün mahvolursa, bu kesinlikle tamamen benim hatam olacaktır."

Ayağa kalktı ve artık boş olan tabağını atmak için yakındaki çöp kutusuna doğru yürüdü. İşte, diye düşündü Purab, yine yapmıştı. Onu yine olabilecek en kötü şekilde incitmişti. Bu günü onun için unutulmaz kılmaya karar vermek buraya kadarmış. Kesinlikle hatırlanmaya değer bir gün haline getiriyordu, onun tüm hatalarını bir bir önüne seriyordu. Ama onun hatası tam olarak neydi? Ona karşı bu affedilmez tavrı takınmasına neden olan şey neydi? Aslında hiçbir şey. Sadece onun gibi birinin tüm yaşam haklarından mahrum bırakılmak üzere seçilmiş olmasını hazmetmek çok zor görünüyordu.

Durumu kesinlikle daha iyi hale getirmiyordu. Purab Chaddha, kırbaçlanmalısın! Yazıklar olsun sana! Bir randevuya böyle mi davranırdın?

Şimdiye kadar ne olmuş olursa olsun, sessizce yemin etti, eğer onu gülümsetemezse, kesinlikle artık gözlerinden tek bir damla yaş gelmesine izin vermeyecekti.

Hedefi Beklerken

Purab bilet gişesi olarak kullanılan cam duvarın üzerine yerleştirilmiş büyük postere baktı. 'Aşkın Ahengi'. Yüzünü buruşturarak yanındaki 'Dil Diya Dard Liya' afişine döndü. Kahretsin! Dik açıyla gişeye döndü. "Hız Patlayıcıları" Gözleri büyüdü. Ve hemen yanında, 'Kral'. Harika! Çok uzun zamandır bekliyordu.

Neredeyse bilinçsizce ayaklarını o yöne doğru uzattı, gözleri Dirk Warner'ın alaycı bir küçümsemeyle bakan devasa heybetli figürüne takıldı. "Ne izliyoruz?" Yanındaki yumuşak bir ses, yalnızlığının yokluğunun keskin bir şekilde farkına varmasıyla sevincine yıkıcı bir çöküş getirdi.

Hayır! Neredeyse inliyordu, lütfen bugün olmasın! Filmin vizyonda olduğunu bilseydi, bugün en çılgın rüyalarında bile kimseyle bir randevu ayarlayamazdı.

Neden? Neden kızlar bir erkeğin mantıksız, şiddet dolu, kan sıçramış ve kemik kıran bir dövüş izleme ihtiyacını anlayamıyor? Neden 'basit bir tartışma' yerine başka bir çözümün olmadığı zamanlar olduğunu göremiyorlar? "Ne izliyoruz biz?" Adamın kendisini duymadığını düşünerek daha yüksek sesle söyledi.

"Bir dakika," dedi sinirli bir şekilde. Vücudundaki her zerre Kral'la bir randevu için yanıp tutuşuyordu. Ve görgü kurallarının her zerresi, şehirdeki her kızın kalbine hükmeden o aptal gösterişli aşklardan biriyle yetinmesini gerektiriyordu. Kızların, kahraman ve kadın kahramanın zamanın yarısını aşık olduklarını fark etmekle, diğer yarısını da muhtemelen evlenmeleri gerektiğine karar vermekle geçirdikleri bu yalaka, ağlak filmlerde neyi bu kadar çekici bulduklarını anlayamıyordu. Tek bildiği, bütün kızlar için eğlencenin anlamının, İsviçre'nin vadilerinde, sıradan insanların hayal güçlerinin en uzun uzantısında bile ulaşamayacakları yerlerde iki ahmağın sevişmesini izlemek olduğuydu (Tabii İsviçreli değilseniz).

Gösteri 1.30'daydı ve saat 1 olmuştu bile. Hızlı bir karar vermesi gerekiyordu. Tüm kuyruklardaki yetersiz kalabalığa baktı ve çığlık atmak istedi. Kral'ın değeri gerçekten sergilenmiş olsaydı, seçim yapmak zor olmazdı. Ancak her zaman popüler olan 'Renuka'nın' uzantısı Ludhiana'nın bu tarafında sadece birkaç gün önce açılmıştı ve varlığının pek çok kişi tarafından fark edilmediği açıktı. Şu anda asılan her filmin seçilme şansı ve bilet bulma olasılığı eşitti.

Silahlarını bırakmak zorunda kalacağı o berbat romantik komedilerin afişlerine baktı ve yüzünü buruşturdu. Kral'ın varlığı bu duruma hiç de iyi gelmiyordu; başka zamanlarda olsa o filmleri pek de umursamazdı. Başrol oyuncularının karşılaştığı sınavlar sırasında sevgilileri ağladığında güven veren bir omuz olarak, hassas ve şefkatli bir ruh olarak dikkat çeken kızlar için unutulmaz bir cazibe merkezi olma konumunu pekiştirmeye yardımcı olmuştu. Filmi izlemek yerine, başrol oyuncularının salonun davetkâr karanlığında cayır cayır yanan ve umurunda bile olmayan bombalarla kendilerini soktukları riskli pozisyonlardan bazılarını taklit etme özgürlüğünün tadını çıkardığı zamanlar da oldu. Ama şu anda, onunla aptalca bir aşk filmi izlemek bir yana, randevu için yaptığı oldukça tuhaf seçimle ikisinden birini gerçekleştirmeye kesinlikle ilgi duymadığını itiraf etmeye meyilliydi.

"Ne istersen onu seçebilirsin..." diye başladı. "Bir dakika," diye sözünü kesti, hâlâ korku içinde afişlere bakıyordu. İçten içe yüzünü buruşturdu. Neden bu bahse girmeyi kabul etmişti ki?

"Sanırım..." dedi, bu konuda soğukkanlı olmaya çalışarak ve ona döndü, "biz..." geri döndü ve bir heykel gibi hareketsiz kaldı.

"Bir sorun mu var?" Pamela onun yüzündeki dehşeti fark ederek endişeyle sordu.

"Yok bir şey," dedi aceleyle ve aniden arkasını dönerek ilerledi, "Sadece tuvalete gitmem gerekiyor." arkasından, "Orada kal..." dedi ve erkekler tuvaletine koştu. İki yakın arkadaşı Speedblaster'ın 1.10 şovunun açık kapısında durmuş, yüzlerini yarı yarıya durdukları yere çevirmişlerdi. Eğer onu orada bu zavallı yedek sevgilisiyle görürlerse, bir daha asla üniversitede yüzünü gösteremeyecekti. Mesanesinin dolu olduğu bahanesini mırıldanıp kilometrelerce uzakta olmasını umduğu bir yere doğru koşarken zihni sıçramış ve kafasına sıcaklık hücum etmişti...

Lavaboda ellerini yıkarken, bu gerçekten kıl payı bir tıraştı, diye düşündü. Birçok arkadaşının buraya gelip Ludhiana'nın en büyüğü olarak lanse edilen bu yeni inşa edilmiş alışveriş merkezinde bir dekko yapacaklarını unutmuştu. Burada sadece Arnav ve Manpreet vardı; çetenin geri kalanı her yere dağılmış olacaktı, bu da iki kat tetikte olması gerektiği anlamına geliyordu.

O lanet kadının yetenekleri hakkındaki yorumlarını durdurmak için bu bahse girmiş olabilirdi ama arkadaşlarını, birlikte ölü olarak görülmeyeceği bir kızla neden dolaştığı konusunda ikna etmek başka bir konuydu. Sıradan olmayan bir gün için kaybedecek çok şeyi vardı. Bir yandan, birkaç dakika önce olanlardan sonra onun gibi birini bu kategoriye koymak üzücüydü ama gerçek şu ki, onunla asla birlikte görülemezdi. İnsanların ona davranış biçimi için üzülüyordu ama onun varlığının, bunca zaman içinde özenle inşa ettiği itibarını zedelemesine izin veremezdi.

Dışarı çıktı, hala başka sürprizler için etrafına sinsice bakıyordu ve iki arkadaşını görüş alanının dışında bulunca yavaşça rahatladı. Aceleyle onu bıraktığı yere doğru yürüdü ve bir adım önce boş olduğunu görünce kısa bir süre durdu. Boş alana şaşkınlıkla gözlerini kırpıştırdı ve sonra etrafına bakındı. Kız neredeydi?

Uzaktaki büfede hiç müşteri yoktu. Belki onu aramaya gitmiştir diye geldiği yöne döndü ama o geçidi de ıssız buldu. Hangi cehennemde kayboldu? diye düşündü, kısmen kızgın, kısmen endişeliydi. Sadece 15 dakika kaldı ve işte...

Kadınlar tuvaletine gitmiş olabilirdi; bu düşünce aklına geldi ve o yöne doğru yürümek için tam tersine döndü. Hızla bilet gişelerine geri dönerken, gözüne kırmızı bir parıltı takıldı.

Gözleri neredeyse dışarı fırlayacaktı ve ağzı açık kaldı. Pamela sıranın sonunda durmuş sabırla sırasının gelmesini bekliyordu. Hemen üzerinde, öfkeden köpüren Dirk Warner'ın devasa posteri duruyordu. Purab baktı ve baktı. Hayatta Pamela'dan yapmasını asla bekleyemeyeceği bir şey varsa, o da buydu. Hiçbir kız böyle bir filmi gerçekten izlemek isteyemezdi. Kabilesinin normlarına uymayan bazı ilgi alanları mı vardı? Bu kız sürprizlerle doluydu.

Ama nasıl olur da...? Hâlâ inanılmaz görünüyordu. Rüya mı görüyordu? Başını iki yana salladı. Her şey oradaydı ama bir şey ona öyle olmadığını söylüyordu. Yanlış giden bir şeyler vardı. Tanrı aşkına; Aastha bile onun öncesine dayanamamıştı! Düşünmeyi bıraktı ve ona doğru ilerledi.

"Burada ne yapıyorsun?" Gelip onun yanında durarak sordu.

"Oh! İşte buradasın," diye gülümseyerek ona baktı, "Geç oluyordu. Biletleri alayım dedim..."

"Filmden haberin var mı?"

"Evet," başını salladı, "kuzenim korsan versiyonunu görmüş, güzel olduğunu söyledi..."

Gerçekten mi? Onu neyin beklediğine dair bir fikri var mıydı?

Oh, hadi Purab, o senin dileğini yerine getirdi. Senin istediğin filme gidiyor. Sorun neydi? Bilmiyorsa bırak müzikle yüzleşsin. Aklına takılacak ne vardı?

"Ben de duydum. Bir adamın kafasının karpuz gibi bin parçaya bölündüğü harika bir sahne varmış..."

"Ah...," diye yumuşak bir ses çıkardı ama Purab onun ses tonundaki tedirginliği çoktan fark etmişti. Bir şeyler kesinlikle yanlıştı.

"Bana tek bir şey söyle, gerçeklerden başka bir şey istemiyorum," dedi sertçe, "Bu gerçekten senin eğlence anlayışın mı?"

Adamın tavrı konudan sapmaya izin vermiyordu ve kadın tereddüt etmesine rağmen itiraz etmedi: "Şey... hayır..."

Vay be! Onun kadınlığı hakkında ciddi şüpheler edinmeye başlamıştı.

"O zaman neden bu yolu seçtin?"

Fazladan şeker çalmaya çalışırken yakalanmış bir çocuğa benziyordu, "Gerçekten iyi bir şey çalmıyor... Bunu seveceğini düşündüm..."

Ne!!! Purab şaşkın şaşkın ona baktı; "Yani bu ikisini izlemek istemiyor musun?" Diğer uçtaki iki romantik filmi işaret etti.

Kadın tekrar gülümsedi, "O kadar da değil" dedi, "Ama onları buna tercih ederdim..." diye itiraf etti. "O zaman neden?" Delirmiş miydi?

"Şey..." dedi utanarak, "Kuzenim bana hiçbir erkeğin bu filmden vazgeçemeyeceğini söyledi..."

Tıpkı hiçbir kızın böyle bir şeyden vazgeçemeyeceği gibi, diye düşündü Purab, zihni vızıldıyordu. Bu kadar kan ve vahşete sırf onun iyiliği için mi hazırlanıyordu? Onu randevuya çıkaran o muydu yoksa gerçekten tam tersi miydi?

"Yani bu filmi sen mi seçtin?" Adam kuşkuyla sordu.

Kadın gülümsedi ama cevap vermedi. Harika gidiyorsun, Purab Chaddha. Bu kız üzerinde gerçekten iyi bir izlenim bıraktın.

"Sorun değil," dedi güven verici bir şekilde, "Benim için sorun değil. Hadi gidelim."

Bu kulağa son derece cazip geliyor, diye düşündü suratsızca. Tanrı aşkına, daha ne kadar bu bir randevuymuş gibi davranacaktı? O bile umursamadığını söylüyordu. Sırf hiçbir randevusu bu kadar ileri gitmemiş diye, 'arkadaşça' gezintilerine romantik bir randevu belgesi koymak gibi aptalca bir nedenden ötürü neden boyun eğsin ki? Sonuçta A'nın, randevusu için neden bu filmi seçtiğini anlayacak kadar beyni var mıydı?

Bu anlık bir karardı. "Hayır, değil," dedi kararlı bir şekilde, "Bu filmi izlemeyeceğiz." Kız ona kuşkuyla baktı, "Emin misin?"

Ah, dostum! Bu acıttı, gerçekten acıttı. "Evet, buna gidiyoruz." Hint filminin posterini işaret etti. "Çabuk gel, geç oluyor," elini omzuna koyarak onu kuyruktan çıkardı.

"Sakıncası yok değil mi?" Yumuşak bir sesle sordu.

Şunu söylemeyi kes! "Hayır, yok," diye aynı tonda bir şekilde başardı.

Ona baktı, "Buraya bak Purab," dedi, "Benim için isteklerini feda etmene gerek yok. Bu iş bitmedi. Bunu kabul etmeyeceğim."

Neydi bu kadın? Burada, sırayı yırtmak için vücudundaki tüm güce karşı direniyordu ve burada...

"Hadi Pam, geç kalıyoruz..." dedi huysuzca, parmaklarını onun koluna dolayarak.

"Umurumda değil," dedi Pam inatla, olduğu yere çakılıp kalarak, "senin izleyeceğin bir film değilse izlemem."

Ona bir tokat atmak istiyordu, şimdiye kadar onu sinir krizlerine sokmuştu. Ama bu adil miydi? Tek istediği, onun da en az kendisi kadar günün tadını çıkarmasıydı.

Tamam, iyi, 'Aşkın Uyumu' afişini gördü. Bir kez olsun kendini düşünmek o kadar da zararlı değildi, özellikle de onunla birlikte bütün bir filme katlanmak zorunda kaldığında, durumu biraz katlanılabilir hale getirebilirdi. "Tamam," diyerek onu filmin altındaki sıraya doğru yönlendirdi, "buna ben karar veririm."

"Ama Purab..." Kız itiraz etti.

Kapa çeneni! "Sorun değil Pam, bunu her zaman bir arkadaşımın dizüstü bilgisayarında izleyebilirim."

Aslında bu, yanında kıvranan, titreyen ve her sahnede ona yapışan (iğrenç!) bir Pamela olmasından daha iyi bir fikirdi. Bu düşünceyle kararı hız kazanan adam, Pamela'nın daha fazla "Sures?" demesini engellemek için onu hızla bekleme sırasına yönlendirdi.

"Ne diyeceğimi bilemiyorum... Bunun olabileceğini hiç düşünmemiştim... Kendim için hayal ettiğim kişiye hiç yakın değildin... Ama yine de öyle olduğunu kabul etmemek elimde değil. Pek çok yönden..."

"Ama... Ben mi? Ne..."

"Biliyorum... Biliyorum inanmakta güçlük çekiyorsun, ben de öyle. Ama gerçek bu. Seni seviyorum. Aşkın kendisinden daha çok. Hayatın kendisinden bile çok... William... Gitme..."

"Uh... Ben... Ben..."

Purab bıkkınlık içinde başını çevirdi. Aynı eski saçmalıklar. Aynı eski diyaloglar. Yeni bir şişede eski şarap, hayır neden şarabı aşağılasın ki, görünüşte yüzünüze fırlatılan yeni bok. Bir de Hollywood'un Bollywood'dan fersah fersah ileride olduğunu söylerlerdi.

İnsanlar böyle filmler yaparak ne elde ediyor? Dahası, insanlar bunları izlemeye değer ne buldu? Son bir saatten beri hikâyede en ufak bir ilerleme olmamıştı. Aptal herif kızı zaten seviyordu, o zaman derdi neydi? Üstelik kız o kadar cızırtılıydı ki, sevmese bile ona evet diyebilirdi.

Morali bozuk bir şekilde gözlerini kapadı. Hâlâ haince geçen koca bir saat vardı. Gösterecek ne kaldığını merak ediyordu. Evet derse evleneceklerdi, hayır derse ki muhtemelen diyecekti, ayrılacaklardı. İnsanlara bir saat daha acı çektirmenin ne anlamı vardı? Pamela'nın boğazını avuçlarının arasına alıp bu filmde neyi izlenebilir bulduğunu sormak istiyordu.

Ama filmi kendisi seçmişti, değil mi? Nazik ruhunun asla tahammül edemeyeceği bir filmi, sırf kendisi keyifli vakit geçirsin diye kabul edecek kadar tatlı davranmıştı. Yine de bu karmaşayı kabul ettiyse, hepsi onun suçuydu.

Elbette onu hiç suçlayamayacağını biliyordu. Hatta daha önce yedikleri hafif atıştırmalıklarda olduğu gibi sinema biletinin parasını ödeyerek kesin kararını harfiyen yerine getirmişti. Ona izin vermiş, sonra da karanlık odaya girerlerken biletinin yırtık ucunu sessizce cebine atmış ve bunun, A'ya göstermek için çok güçlü bir kanıt olmasa da, gezilerinin bir kanıtı olmasını ummuştu.

Neredeyse onun yerine Hint filmine gitmiş olmayı dileyecekti. İçerik olarak farklı olmazdı ama en azından küçük bir üniversite kalabalığı orada olurdu ve onların canlı yorumları, ıslıkları ve sahneden sahneye savrulan yenilikçi küfürleri arasında kaybolmak bir zevk olurdu. Burada bir sessizlik denizinin ortasındaydılar. Arkalarında boş bir sıra, önlerinde boş bir sıra. Kimse kahramana aptal demiyor, kimse kadın kahramana laf atmıyor, kimse o aptalca diyaloglara kahkahalarla gülmüyordu. Kendini tekmeleyecek gibi hissetti. Bu

500 rupilik biletle kendine aldığı tek şey klimalı bir odada bir saatlik saçmalıktı.

Ama diğerinin öyle olması gerekmiyordu. Dışarıda bunaltıcı bir hava vardı ve o da bu durumdan en iyi şekilde faydalanabilirdi. Sally Quyale'nin pop şarkısının ses dalgalarının kaba bir kakofoni içinde kulak zarlarına düzenli olarak çarpmasına aldırmadan kendini eğdi ve yavaşça uyumaya başladı.

Neredeyse mışıl mışıl uyuyordu ki, bir şey kaburgalarını dürttü ve sarsılarak uyandı. Sinirli bir şekilde etrafına bakındı. Huzur diyarına yaptığı bu gezintiyi kim bölmüştü? Bugünlerde kimse "yaşa ve yaşat "a inanmıyordu. O şey tekrar göğsünü dürttüğünde tekrar etrafına bakındı. Bir irkilmeyle yan tarafına döndü ve Pamela'yı heyecanla ileriye bakarken buldu. Ah bu kızlar, diye düşündü öfkeyle, filmdeki 'ooh çok tatlı' bir şey ortaya çıktı ve onun rahatlama süresini sona erdirmek için haklı olduğunu düşündü. Hepsi aptal güzeller.

Kızın dirseği hâlâ tehlikeli bir şekilde adamın yan tarafını gösteriyordu ve Purab tekrar darbe almamak için sinirle biraz yana kaydı. Her neyse, bu hastalıklı filmde onun gibi bir kızı etkileyebilecek ne olabilirdi ki? Düzeltiyorum, bu filmde onun türünden kızların sinirlerini okşayan her şey vardı. Onun gibi erkekler sessizce başlarını sallayıp acı çekerken.

Ekrana döndü ve aniden onun da filmi izlemediğini fark etti. Şaşırarak onun niyetli bakışlarının yönünü takip etti ve karanlık köşelerinin sağlayabildiği mahremiyet kadarıyla orgazmın büyüsüne kapılmış, birbirlerinin üzerine yatmış bir çiftin görüntüsüyle gözleri açıldı.

Yan tarafına döndü ve alaycı bir şekilde gülümsedi. Bu kıza güvenin, en saçma sapan durumlarda bile bir tutarlılık bulabiliyor. Geri döndü ve hem durumdan hem de kendilerinden en iyi şekilde yararlanan çifti biraz sıkılmış bir halde izlemeye başladı. Pamela da onun yanında, kulaktan kulağa sırıtarak izliyordu.

Çift hâlâ öpüşüp koklaşmakla meşguldü ve üç sıra arkalarında oturan yalnız çiftin, filmin sıkıcılığından daha fazla ilgisini çektiklerinin farkında bile değillerdi. Purab inanamayarak başını salladı.

Öpüşen çiftlerin kızları bu kadar heyecanlandıran özelliği neydi? Sadece karşı cinsin arkadaşlığına duyulan karşılıklı arzunun paylaşılması. Yaygara koparmaya bu kadar değer ne buluyorlardı, bilmiyordu. Hayır, belki de biliyordu, Trisha ne demişti, bir aşk vaadi, bir ilişkinin pekişmesi, bir inanç oluşumu ve tüm bu saçmalıklar. Öte yandan, bu kızın ait olduğu kız grubu, ne zaman biri 'iyi ailelerden' geldiklerine dair en ufak benzer bir imada bulunsa kızarıp bozarmak zorundaydı. Bu kadar büyütülecek ne vardı ki? Neden çoğu zaman kendisi de...

Sırıttı, başını tekrar salladı ve nispeten daha sıkıcı olan filme geri dönmek üzereydi ki gözleri yanındaki gülümseyen figüre takıldı.

Kadın, ağzı biraz açık, inci gibi beyaz dişlerini göstererek gizli bir zevkle çifte bakıyordu. Kocaman siyah gözleri parlıyordu, her birinde yarım ay gibi küçük bir benek parıldıyordu, yüzünden tarifsiz bir mutluluk fışkırıyordu. Sanki çifte kumruların paylaştığı zevke o da katılmış, her ikisinin de kapıldığı duygunun basit ve tatlı anlamının tadını çıkarıyor gibiydi. Purab, doğanın insanlarda yarattığı en güzel duygulardan birine tanıklık etmenin hazzına öylesine dalmıştı ki, ne zaman bir sevişme sahnesine ilgisizlikle baksa kaçırdığı bir şey olup olmadığını merak etti. Ancak bundan daha tedirgin edici olan, yanı başında ondan tamamen habersiz duran yoğun bir sevimliliğin gölgesiydi; daha önce pek çok kez gördüğü, ancak hiçbir zaman doğasında var olan ama incelikli ölümcüllüğünden etkilenmediği tatlı bir masumiyet ve doğal çekicilik manzarası.

Hedef Geliyor

"Güzel filmdi..." dedi çıkarken.

"Uh...huh..." Artık bu konuda konuşmak istemiyordu.

"Beğenmedin mi?" Nazikçe sordu.

Adam kızgınlıkla ona döndü. Rol yapmanın ne faydası vardı? İkisi de o filmden bir parça bile izlememişti. İkisi de meşguldü, kadın X-rated gerçeklik sahnesinde kıkırdarken, adam da neden 'The King'de ayakta durmaya karar verdiğini ve o iki buçuk saatlik saçmalığa razı olduğunu anlamaya çalışıyordu.

Her neyse, randevusu mutluydu ve asıl önemli olan da buydu. Bazen herkesin iyiliği için bazı arzu edilen şeylerin feda edilmesi gerekirdi. Ve o aptal kadın A'nın hak etmediği kibrini yerle bir etmeyi başardığında kaç kişinin ona tüm kalbiyle teşekkür edeceğini biliyordu.

"Peki, şimdi ne planlıyorsun?" diye sordu.

O da öyle düşünüyordu. Teknik olarak 24 saat dolmamıştı ama pratikte ona, randevularının hiçbirine yapmadığı kadar çok şey yapmıştı. Bu yüzden, bu günü bitirmekle tamamen yanlış bir şey yapmış olmayacaktı ve kızın ne kadar tatlı olursa olsun bir şey söylemeyeceğinden emindi. Ama gerçek şu ki, şimdi geri çekilemezdi, oyun daha yeni başlamıştı. Sonunda sevgilisinin yüzüne gülücükler kondurmanın başlangıcına gelmişti (gerçi onu neyin heyecanlandırdığını tamamen tesadüfen bulmuştu), bunu çok daha önce yapacağını varsaymıştı. Mutluluğun onun kalbine ve beynine erimesi için biraz daha etrafta olması gerekiyordu. Bu bahse sadece onunla çıkabileceğini kanıtlamak için girmemişti. Onu arkasında daha fazlasını ister halde bırakabilmek için gelmişti.

Ve tam o anda, bunun ne olduğunu tamamen kaybetmişti. Etrafına bakındı. Belki başka mağazalar? Hayır, dükkânları dolaşıp hiçbir şey almamaktan bıkmıştı. Tam bir zaman kaybı. O zaman ne olacaktı?

"Gösterdikleri şey çok komikti," dedi yürürken, "Ama çok doğru. Hayatta her şey çok basittir. Onları korkularımızla, hırslarımızla ve önyargılarımızla karmaşık hale getiren bizleriz."

"Uh... Huh..." dedi, ne kabul ediyor ne de reddediyordu. Anlamak için etrafını araştırmakla meşguldü.

"Yaşam tarzınıza gerçekten hayranım. Karmaşık bir şey yok. Her şey düz ve basit, yüzünüzde..."

Bu onun dönüp ona gülümsemesine neden oldu. "Bakın kim konuşuyor..." diye takıldı ona.

"Öyle mi düşünüyorsun?" Kız hem eğlenmiş hem de meraklanmış görünerek sordu.

"Kim düşünmez ki?"

Gülümsedi, "Bu var," diye itiraf etti, "Ama kaç kişi gerçek gerçeği biliyor..."

"Hadi ama." Etrafına bakınarak, "Bilinecek ne var ki..." dedi.

Kısa bir süre durdu ve ona döndü, kendi ifadesi karşısında dehşete düşmüştü. Ne kadar düşüncesiz olabilirdi?

Kadın incinmiş görünmüyordu ya da incinmiş görünmemek için çok iyi bir numara yapıyordu. "Aslında," diye devam etti, "böyle düşündükleri için her şey çok karmaşık. Yoksa öyle değil. İşte bu yüzden size çok çok basit bir insan dedim."

"Neden?" Kendisini her zaman bunun dışında bir şey olarak görmüştü.

"Herkes senin hakkında her şeyi biliyor. Tepeden tırnağa."

Sen böyle düşünüyorsun, diye düşündü Purab alaycı bir ifadeyle.

"Bunu zorlaştıran ne?" diye sordu.

"Hiçbir şey, hiçbir şey. Sen kızlardan hoşlanıyorsun, onlar da senden hoşlanıyor, bunu zorlaştıracak ne var?"

O da böyle düşünüyordu. Neden onlar da aynı şeyi düşünmüyorlar diye merak etti, geçmişte bazı inatçı kızlarla yaşadığı tatsız deneyimleri hatırlayarak.

Ama daha da şaşırtıcı olan, bu basit gerçeğin dünyada en son beklediği kişinin ağzından çıkmasıydı. Gerçekten böyle düşünme yeteneğine sahip miydi?

"Biliyor musun," dedi düşünceli bir şekilde, "en karmaşık olan da bu..."

"Ne?" Kafası karışmış bir halde sordu.

"Sende sevilecek ne var ki?" Kadın gülümsedi.

İşte bu, bırakıyordu, öfke onu yeni bir güçle kavrıyordu. Başarısız olmayı sevdiğinden değil ama biri ona bu şekilde hakaret etmeye cüret ederse...

Fark etmemiş gibi görünüyordu. "Seni onlar için bu kadar çekici yapan şey ne?"

Tamam, belki de onu farklı bir tarzda övmeye çalışıyordu.

Öfkesi biraz yatışmıştı, tekrar gülümseyebildi, "Sen psikologsun."

"Uh...Huh." diye sırıttı, "Ama ben sadece bir acemiyim."

"Bana bir şey söyle..." dedi yürürken, "Beni çekici buluyor musun?"

"Uh?" Kafası karışmış görünüyordu, "Bu da nereden çıktı?" Gecenin geri kalanının vereceği cevaba bu kadar bağlı olduğunu fark etmeden sormuştu.

Ama tabii ki onun gibi kızlar ne zaman bu kadar doğrudan bir soruya cevap vermişlerdi ki?

"Hiçbir şey, sadece merak..."

"Neden önemli olsun ki?"

"Neden?" Şaşkınlıkla sordu.

"Seni çekici bulsam da bulmasam da hâlâ seninleyim. Senin hakkında ne düşündüğüm neden önemli olsun ki?"

Bir bakıma kabul etmesi gereken gerçek buydu ama diğer yandan da neden ona çıkma teklif ettiği konusunda hâlâ şüpheleri olduğunu da açıkça ortaya koyuyordu. Bu konuşmayı daha fazla sürdürmek tehlikeli olabilirdi.

"Övülmek iyi hissettiriyor." Aceleyle ekledi.

Kadın gülümsedi, "Bu insan zihninin bildiğim bir yönü..."

O da rahatlamış bir şekilde gülümsedi. Gerisini ne kadar az bilirse o kadar iyiydi.

"Tanrıya şükür," diye şaka yaptı, "sana asıldığımı düşüneceğini sanmıştım."

"Ne için?" diye sordu, "Bu bir randevu değil..."

Ne o zaman? Neden kendine bilinçli olarak koyduğun kısıtlamaları bir kenara bırakıp gerçeği söylemiyorsun bebeğim?

"Birbirimizden farklı hiçbir şey yapmadık..." diye iddia etti.

"Belki öyle, ama hepsi farklı bir anlamda. Ve sen de bana pas atmayarak buna katkıda bulunabilirsin."

"Neden sana sataşmak isteyeyim ki?" Sinirli bir şekilde, sabrı tükenmekte olduğunu söyledi. Yine dehşete kapıldı. Ne yapıyordu bu adam? Ne zaman bu kadar beceriksiz olmuştu? Üst üste ikinci kez bu kadar incitici bir şeyi istemeden de olsa dilinden kaçırmıştı.

Yorum yapmadan konuyu değiştirdi, "Bakıyorum da, acaba gerçek aşk diye bir şey var mı..."

Bir kaşını kaldırdı, "Film ya da..."

Çınlayan, gürül gürül akan bir kahkaha attı. Purab şaşkınlıkla ona baktı. Hadi ama dostum, o da bir insan ve bunu yapabilirdi.

Ama insanın yüzünde her zaman böyle güzel bir değişiklik yaratır mıydı?

"Her ikisi de," diye yanıtladı, "Onlara ve genel olarak bu gibi şeylere bakınca, aşk diye bir şey var mı diye merak ediyorum. Ebeveynlerimize, kardeşlerimize, arkadaşlarımıza duyduğumuz o doğal sevgi değil... Ama tamamen yabancı birine duyulan o anlamsız, tanımlanamaz aidiyet duygusu. Onun istekleri, sevinçleri ve tam mutluluğundan başka hiçbir şeyin önemli olmadığı bir yere."

"Sen ne düşünüyorsun?" Sonunda ırkına özgü bir şey yapıyordu. Asla elde edemeyeceği bir şey üzerine kafa yoruyordu.

Sırıttı, "Sormak için yanlış kişi. Sen ne düşünüyorsun?"

Bu seferki cevabı o kadar da karakteristik değildi. Adam onun film gibi, gerçekçi olmayan, saçma sapan aşk inançları ve buna bağlı karmaşıklıklar hakkında uzun bir methiye düzmesini beklemişti. Ama o sadece bayrağı ona devretmişti.

"Ne hakkında?"

"Bu aşk duygusu hakkında elbette..."

Sıkılmış bir yüz ifadesiyle, "Bunların hepsi saçmalık. Herkes burada kendisi için doğar, kendine bakmak için, başkaları için değil...."

Kadın anlamsızca ona baktı, "Ha?"

"Az önce söylediğin gibi bu aidiyet duygusu biri için diğeri için değil, diğeri için kendin içindir. Aşk her insanın hakkı olan bencilliğin tatlı bir adından başka bir şey değildir."

"Ama bütün bunlar...." diye kekeledi, "Bütün bu çiftler... değil mi..."

"Onlar böyle düşünüyor. Herkesin bir kişiyi aşk nesnesi olarak koymak için bir nedeni vardır. Güzel bir yüz onlara tiksindikleri çirkinliği unutturur ya da arkadaşlık geçmiş yalnızlık günlerini unutturur. Bu bazen bir bedeni kollarınızda tutma arzusudur, bazen de insanlara bekar olmadığınız için tamamen aklı başında olduğunuzu göstermenin bir yoludur. Herkesin kendi amaçları için sevgiye ihtiyacı vardır. Kimse kimseyi kendi iyiliği için sevmez. Her zaman kendi çıkarları için."

"Bu oldukça yoğun..." dedi yumuşak bir sesle.

"Evet, ama gerçek bu," diye devam etti, tamamen konuşmaya odaklanmıştı, "Aşkta önemli olan asla öteki değildir. Her zaman sizsinizdir. Birini kendi iyiliğin için seversin. Kendi mutluluğunuz için onun da mutlu olmasını istersiniz. Bu anlamda aşk, dünyadaki en kötü bağımlılıklardan biridir."

Kadın ona baktı. "Yani kafanın içinde çalan o çanlara, uykusuz gecelere ve sonsuza dek mutlu yaşamlara gerçekten inanmıyorsun."

Güldü, "Dünyanın anladığı anlamda değil. Aşk güller, çikolatalar, şiirler, mektuplar değildir. Çok daha farklı ve çok daha uzak bir şeydir. Hepimizin anlayabileceği bir şey değildir."

"Ama bu çok inanılmaz... çok inanılmaz..." diye haykırdı.

"Ne?"

"Kendinizin bile inanmadığı bir şeye sayısız kızı ikna etmeyi nasıl başarıyorsunuz?"

Göz Kulak Olmak

Purab kaskatı kesildi. Bu tür kadınların ikiyüzlülüğünde yatan yaşam tarzına yönelik kesin bir eleştiri hissedebiliyordu.

"Her gün yeni bir randevun olduğu gerçeği bu kadar açık olmasına rağmen, hiçbir kız onunla çıkarken düşündüğün kişinin kendisi olmadığını fark etmez. Çok tuhaf, değil mi? Sormamın sakıncası yoksa, kız arkadaşlarınla dışarıdayken gerçekten aklında ne var?"

Adam birkaç dakika öfkeyle ona baktı ve sonra aniden arkasını döndü. Uzakta bir Mac Donald's neon tabelası gördü.

"Gel bir şeyler yiyelim, acıktım." dedi hışımla ve restorana doğru yürüdü. Bu kızın onu anladığına dair bir varsayımda bulunmak için çok fazlaydı. Bütün kızlar birbirine benzerdi, kendilerini birkaç saniyeliğine etkileyebilen her erkeği kendi kızları olarak görmeye ve kaçmayı başaran herkesi karaktersiz olarak damgalamaya kararlıydılar.

Pamela aceleyle arkasından geldi. "Purab, Purab," diye seslendi çılgınca, "Sorun ne?"

Adam hiçbir şey söylemedi. Artık onunla konuşmak istemiyordu.

"Purab..." Kadın tekrarladı.

"Gidelim," diye cevap verdi ters bir şekilde.

"Bana kızgınsın," dedi, "Ne oldu? Bir şey mi söyledim?"

Adam kızgın bir yüzle ona döndü. Dünyadaki tüm sinir bozucu şeylerden bahsetmek için.

"Bir şey yok." Kısa ve öz konuştu.

"Bir şey var," diye ısrar etti, "Lütfen Purab, söylediğim ya da yaptığım bir şey mi?"

"Sorun değil Pam, anlıyorum." Yüzünü ondan çevirdi.

"Neyi anlıyorsun?" diye sordu.

"Çok iyi anlıyorum. İnşa ettiğin bu dostluk cephesinin ardında, karakterime çoktan bir onaylamama belgesi koydun. Senin gibi kızlar benim gibi erkekler hakkında böyle düşünür." Açıkça yürümeye devam ettiğini söyledi.

"Ama..."

"Sorun değil," diye kısa kesti, "ne bekleyeceğimi biliyorum. Sürekli kızlarla takıldığım gerçeğinin bazılarınız için nasıl da acı bir hap olduğunu. Bir Kazanova, bir aygır, kızların duygularını tamamen hiçe sayan biri, benim böyle olduğumu düşünüyorsunuz, değil mi? Hepiniz sahte vaatlerimle tüm o zavallı kadınların inanç ve güvenleriyle oynadığımı ve kalplerini teker teker kırdığımı düşünüyorsunuz. Ve hepiniz, kendi hayatlarınız mükemmel olmaktan çok uzak olmasına rağmen, benim gibi insanları ıslah etmek için yola çıktınız. Kendinize göre o kadar çok yetersizliğiniz var ki," derken öfkesi her kelimede daha da artıyordu, "ama bu sizi bende ve benim gibilerde kusur bulmaktan ve bizi sosyal uyumsuzlar olarak etiketlemekten alıkoymuyor. Başkalarının yaşam tarzları hakkında sorun çıkarma hakkını size kim verdi?"

"Ama ben senin yaşam tarzını seviyorum..."

Ona geri döndü. "Hadi ama... Beni pohpohlamana gerek yok... En azından artık benim hakkımdaki gerçek hislerini biliyorum..."

"Ama dürüst olmak gerekirse istiyorum."

Adam ona inanamayarak baktı. Elbette bunların hepsi yalandı. Onun gibi kızlar suçlunun kendileri olmadığından emin olmak için saçma sapan yollara başvururlardı.

"Hayatında kendine ait diyebileceğin kaç şey olduğunu sanıyorsun?" dedi kaba bir şekilde, "Kendinde gerçekten övünecek ne var? Üniversiteden rastgele birini getirip senin binlerce kusurunu sıralayabilirim. Sadece olduğun şeyle mutlu olman ve başkalarının senin hakkında ne düşündüğünü umursamaman gerekiyor. Hoşuna gitse de gitmese de ben buyum..."

Dudaklarında kısacık bir gülümsemeyle ona bakmaya devam etti, adam ona bu suçlamaları yöneltirken bir kez bile irkilmedi, ses tonu zaman geçtikçe daha da ağırlaştı. Sonunda, adam soluklanmak için durduğunda, sanki hiçbir şey olmamış gibi sakin bir şekilde başladı: "Seviyorum. Senin halini, başkalarıyla olan ilişkilerini, hayatına yön verme şeklini seviyorum..."

Purab'ın ona vurmasını engelleyen tek şey kız olmasıydı. Kız hiçbir şeyden habersiz, soğukkanlı bir şekilde devam etti: "Belki kıyafetlerini değiştirdiğinden bile daha fazla sevgili değiştiriyorsun ama bu gerçeği üniversitenin bir ucundan diğer ucuna kadar yüksek sesle ve net bir şekilde ifade ettin. Yani bir kolunu bir kıza dolayarak takılan ve açıkça en yakın arkadaşının kızını onun yerine geçirmeyi hayal eden diğer pek çok erkeğin aksine..."

Ha? Purab bir şey söyleyemeyecek kadar şaşırmıştı.

"Her yerde bir kadın katili, bir kalp kırıcı, bir sahtekâr olarak görülüyorsun. Ama ben senin aramızdaki en dürüst kişi olduğunu düşünüyorum."

Delirmiş miydi? O mu? Dürüst mü?

"Herkes seni içten dışa tanıyor. Onlara ilgi duymaya devam ettiğin sürece kızlarla takıldığını herkes biliyor. Başka türlü kalmanızın imkanı yok. Yani, kesinlikle ömür boyu teselli arayanlar için değilsin ve bu herkesin yüzüne hiçbir kelimeyi küçümsemeden vuruyor."

????Onu mu övüyordu?

"Senden gelecek istemenin bir anlamı yok. Siz, herkes biliyor ki, sadece şimdiki zaman için varsınız. En azından geleceğin çok belirsiz olduğunun farkındasın. Gördüğüm bazı erkeklerin hiçbiri, senin çok kolay ve çok doğru bir şekilde elde ettiğin anlık zevki elde etmek için, sonsuza dek mutlu olma maddesini cömertçe vaat etmeden önce düşünmüyor."

"Evlilik, nişan, çocuk, kararlı aşk üzerine ettikleri yeminler, gerçek zaman geldiğinde kabul etmelerinin mümkün olmadığını çok iyi bilmelerine rağmen. Genel olarak çoğu erkeğin bağlılık fobisi olduğunu biliyoruz, ancak hepsi bu ifadeye ikiyüzlü bir şekilde karşı çıkıyor. Siz, bu gerçeği korkusuzca itiraf etme ve sonuçlarıyla yüzleşme cesaretini gösterebilen çok az kişiden birisiniz. Gerçek bir erkek gibi..."

Belki de şimdi deliren oydu. Elbette bu onun konuşması olamazdı.

"Bir kadınla çıktığınızda, tam olarak ne istediğinizi ve ona ne kadar süre eşlik etmeye hazır olduğunuzu açıkça belirtirsiniz. Kızlarına bu türden hiçbir şey istemediklerini, sadece kalplerini, aşklarını ve tüm bu saçmalıkları istediklerini söyleyen ve doyduklarında önsöz bile söylemeden ayrılan çok daha kötü pek çok erkek var. Böyle lanet sülükler..." Tısladı.

Sanki bu tür bir ihaneti ilk elden tecrübe etmiş gibi konuşuyordu. Ancak bu, hayal gücünün ötesinde bir şeydi.

"Kızlarını bir gezintiye çıkarıyorlar ve yanlış bir seçim yaptıklarını söyleyerek yarı yolda bırakıyorlar ve sonra bir sonraki yanlış seçimlerine atlıyorlar ve bu zavallı kurbanları ömür boyu sefaletle baş başa bırakıyorlar. Sizin gibi biriyle birkaç dakika geçirmek çok daha iyi. Bir kız sizinle çıkmayı kabul ettiğinde en azından ne bekleyeceğini bilir. Boktan, zaman kaybettiren aşk işleri yok, sadece karşılıklı çekimden doğan saf zevk. Ve eğer sizinle tekrar birlikte olmak isterse, ilginizi korumak için çekici kalmak sadece ona bağlıdır, bu kadar basit.

Kurallarınız açık, onun zamanı dolduğunda bir an bile daha fazla kalmayacaksınız. Bu yüzden, eğer pazarlık sırasında o piçlerden beklediği şeyleri bekleyip kalbini kırdıysa, aslında sorumluluğun bir kısmı, çoğu ona aittir..."

Bu bir anlamda onun karakterine pek de iyi bir ışık tutmuyordu. Ama onunla ne konuda anlaşmazlık yaşayabilirdi ki? Kadın her şeyi olabildiğince açık bir şekilde ifade etmişti.

"Bu sigara içmek gibi bir şey," diye devam etti, "sağlığa zararlı olduğunu biliyorsun, içmemen gerektiğini biliyorsun ama yine de içersen ve kanser olursan bu tamamen sigaranın suçu değil. Öte yandan bu adamlar," diye omuz silkti, "çikolata yemek gibi, onları yapan şeylerin hiçbiri sağlıksız sayılmıyor, bu yüzden ne zaman duracağınızı bilmiyorsunuz. Aslında neden durasın ki? Ve böylece, bir gün zehir kanınıza sızana ve diyabet teşhisi konulana kadar baştan çıkmaya ve domuz gibi yemeye devam edersiniz. Sonra da hayatınızın geri kalanını onlardan uzak durmaya çalışarak ve birilerinin sizi önceden uyarmış olmasını dileyerek geçiriyorsunuz. Ama hiçbir şey yok. Hiçbir şey yok. Sigaralar gibi çikolataların da paketlerinin üzerinde uyarı etiketleri yok." İçini çekti ve uzaklara bakarak başını salladı.

Tekrar ona döndü, gözlerinde görünmeyen bir ifadeyle gülümsüyordu, bu eğlence miydi yoksa üzüntü mü? "Senin gibi erkeklere hiç de karşı değilim Purab. Hayattan ne istediğin konusunda net olmak ve hatta bunu başkalarına da açıklamak her zaman daha iyidir..."

Bununla birlikte, topuklarının üzerinde döndü ve MacDonald's'a doğru yürümeye başladı. Purab şaşkın şaşkın ona bakıyordu. Onu sigaraya benzetmişti, sağlık için çok tehlikeli bir şeydi ve en azından kendi grubundaki kızların kesinlikle onaylamadığı bir alışkanlıktı. Ve diğer erkeklere çikolatalı demişti ki bu dünyadaki tüm kadınlar için evrensel bir tahrik unsuruydu. Yine de onu onlara tercih ettiğini mi söylemişti?

Tam olarak ne yapıyordu? Kafasının karıştığını düşündü. Söylediklerinde gerçekten ciddi miydi yoksa alaycı ama ince bir üslupla onun tüm hatalarını mı göstermeye çalışmıştı? Onu olduğu gibi sevdiğini söylemişti ama konuşmasını bitirdiğinde daha iyi bir ruh hali içinde değildi. Onun tüm yönlerini dolambaçlı bir şekilde aşağılayıcı bir tavırla çizmişti. Ama nasıl? Anlayamadı.

Başını iki yana salladı. Her neyse, onun hakkında ne düşündüğü umurunda değildi. Onun hakkında yorum yapma yetkisini ona kim vermişti? Bu da ona bütün gün ona yaptığı başka bir şey olmadığını hatırlattı.

Oldukça beceriksizce onun arkasından yürüdü ve neredeyse restoranın kapısına vardıklarında ona yaklaştı. Hâlâ kararsız hissederken boğazını temizledi: "Pamela?"

"Evet?" Kadın yarım döndü.

"Uh... Sana öfkeyle sert bir şey söylediysem özür dilerim..."

"Zahmet etme," diyerek ona döndü ve gülümsedi: "Hayatında hiçbir önemi olmayan insanların sözlerine önem vermenin bir anlamı yok..." Bununla birlikte kapıya döndü ve içeri girmek için kapıyı açtı.

Bekleyiş Biraz Uzun

Fast food merkezi insanlarla dolup taşıyordu, yeniliği popülerliğine bir çizik bile atmamıştı. Masaların hepsi mutlu bir şekilde hamburger yiyen, soğuk içeceklerini yudumlayan ve sohbet eden insanlarla doluydu. Çocuklar gülüşerek ve yeni kazandıkları oyuncaklarıyla oynayarak koşuşturuyordu. Tüm sipariş bankolarında kalabalıklar vardı ve bu bankolara girmek için bekleyen başka bir kalabalık daha vardı. Atıştırmalıkların en yoğun olduğu zaman olduğundan, mekân işlerinin çoğunu tam gaz sürdürüyordu.

Purab'ın bu neşeli manzara karşısında duyduğu öfkenin sonu gelmiyordu. Pamela'nın dikenli tartı yüzünden zaten iğnelenmiş hissediyordu ve kalabalığa ve sessiz, huzurlu bir yemek yemelerine dair sunduğu sönük umutlara bakınca morali daha da bozuldu. Bir açıdan bakıldığında, bu aptalcaydı. Onun hakkında ne düşündüğü gerçekten umurunda değildi. Bir bahis yüzünden onunla birlikteydi ve hepsi bu kadardı. Onunla buluşmak gibi bir planı yoktu, gün bittikten sonra ona dönüp bakmayı bile düşünmüyordu. Masasına, çay bardağına ve notlarına geri dönebilirdi. Yine de tarif edilemez bir şekilde incindiğini hissetti. Birlikte geçirdikleri onca zaman boyunca ondan hiçbir şey öğrenememiş miydi?

Hadi ama Purab, seni önemli biri olarak görmüyorsa ne fark ederdi ki? Senin için ne önemi var ki? Ama etraflarını saran çıldırtıcı kalabalık ve balık pazarının gürültüsü bu kasvetli duruma hiç yardımcı olmuyordu. Purab'ın daha da dehşete düşmesine neden olacak şekilde, insanlar arkadaşlarını, sevgililerini ve akrabalarını haksız yere içeri ittikçe katıldıkları kuyruk daha da uzadı ve her ikisini de neredeyse sonuna kadar zorladı. Önündeki adam ona kaba bir şekilde dirsek attığında ve ardından kız arkadaşını da beraberinde sürüklediğinde Purab öfkeyle dişlerini sıktı. Pamela'nın her zamanki gibi sakin ve etkilenmemiş bir şekilde yanında olması yangına körükle gitmekten başka bir işe yaramadı.

Elbette, onu dinlemeye değer bulmadığını söylemesi neden onu incitsin ki? Aslında bu rahatlatıcı bir faktördü, sadece daha önce görünüşü, tavırları, yaşam tarzı hakkında yaptığı tüm yorumlardan hiç etkilenmediği anlamına geliyordu. Ama o zaman, onun onaylamadığı tek bir kokuya bile katlanamıyorsa, daha önce ona söylediği bazı oldukça çirkin sözlere nasıl katlanıyordu?

Bir şekilde sıranın sonuna ulaşıp siparişlerini vermeyi başardıklarında Purab'ın zihni parçalanacakmış gibi hissediyordu. Yiyecekleri almak için yeni sıralara girdiklerinde bir yarım saat daha acı içinde geçti. Ne yazık ki, Pamela'nın sipariş ettiği dürüm onlar gelene kadar bitmişti ve bu da garsonun daha fazla dürüm almak için aceleyle mutfağa girmesiyle 15 dakika daha sürmesi anlamına geliyordu. Purab, 5 dakika daha beklemek zorunda olduklarını söylediğinde çığlık atacak gibi oldu. Pamela sadece gülümseyerek sorun olmadığını söyledi ve Purab'ın tek yapabildiği onu omuzlarından tutup dişleri kafasının içinde takırdayana kadar sarsmak oldu. Beynini öldürücü bir dalganın kapladığını fark ettiğinde nasıl böyle durabiliyor ve hiçbir şey olmamış gibi davranabiliyordu?

Sonunda, ellerinde tepsiler, her ikisi de kalabalık masalar arasında kendilerine yer bulmak için ilerlemeye başladılar. Purab burada da, aynı duyguları paylaşan müşterilerin kendisine daha yakın sandalyeleri kapıp kaçan ortakları için yer ayırma oyununa devam etmelerini umutsuz bir hayal kırıklığıyla izledi.

Durumun umutsuzluğu artık Pamela'ya da ulaşmıştı. Dinlenme yeri arayışında Purab'ı sessizce takip ederken ağzı bir karış açık kalmıştı. Ancak sonunda her ikisi de bir köşede iki boş sandalyesi olan bir masa görünce yüzü aydınlandı ve hemen bir adım atarak masaya yerleştiler.

Ancak Purab, ikisi de oturup yemeğe başladıklarında karanlık bir ruh hali içinde olmaya devam etti. Pamela şundan bundan bahsedip dururken Purab kasvetli bir sessizlik içinde çiğneyip yutkundu. Adam neredeyse hiç dinlemedi ve dinliyormuş gibi görünmek için birkaç sıradan inilti mırıldandı. Pamela hâlâ konuşuyordu ve arkadaşının can sıkıntısını hissettiği ve onu neşelendirmek için son derece göstermelik girişimlerde bulunduğu belliydi. Başka koşullarda olsa biraz kulak verirdi ama iki buçuk saatlik boktan bir filmden ve bazı sinir bozucu olaylardan sonra kesinlikle canı sıkılmıştı ve o anda hiçbir girişim onu daha fazla ısınmaktan vazgeçiremezdi.

"Hamburgerin güzel görünüyor. Macs'e her gelişinde bunu mu sipariş ediyorsun?"

"Ho hum....," gözüne kestirdiği her şeyi almıştı. Yediği şeyin adını bile bilmiyordu.

"Her seferinde yeni bir şey denemeyi severim. Çok fazla hamburger ve Mcpuff yedim. Değişiklik olsun istedim."

"Güzel." dedi hiç duygulanmadan.

"Dürümün tadı fena değil. Bence burgerler daha iyi..."

"Öyle olmalı..."

"Onları hiç denemedin mi?"

"Hayır," dedi kısaca.

"Burası çok kalabalık..."

Hatırlattığın için teşekkürler. "Uh..."

"Belki başka bir yer deneyebilirdik. Ama şimdi iyi. Yemekler de iyi ve ucuz."

"Huh..."

"Burası çok havasız oldu. İnsanlar neden gitmiyor?" Etrafına bakındı. Bir patates kızartması daha aldı ve düşünceli düşünceli çiğnedi. "Sırılsıklam oldum. Klima açık mı?" diye yakındı.

"Hiçbir fikrim yok..."

Ona biraz merakla baktı. Onunla göz göze gelmedi, yere bakmaya devam etti ve hamburgerinden yeni bir ısırık aldı. "En azından alkolsüz bir içeceğin var..." diye mırıldandı ve gözlerini kaçırdı. Purab hiçbir şey söylemedi. Sadece taş gibi bir sessizlik içinde yemeye devam etti.

"Purab..." diye tereddütlü bir ses duydu.

"Evet?" diye sordu.

"Burası gerçekten çok sıcak..."

"Evet, biliyorum..."

"Bir yumuşaklık hissediyorum..."

"Güzel..."

İkisi de sessizliğe gömüldü. Birkaç garip dakika sonra Pamela tekrar söze başladı: "Bir yumuşaklık istiyorum Purab." Adam şimdi ona bakıyordu. "Duydum ki..."

"Gerçekten çok kalabalık..." dedi biraz utanarak.

"Evet, öyle."

"Purab..." diye tereddüt etti.

Purab onun ne ima ettiğini zaten biliyordu. Onun kalkıp kendisine dondurma getirmesini istiyordu. Bunu yapmasına imkân yoktu. O anda kendini zaten ezilmiş hissediyordu ama daha iyi bir ruh halinde olsa bile, bu kadar ileri giderek kendine olan saygısını zedeleyemezdi. Onun erkek arkadaşı değildi, hatta randevusu bile değildi ve onun hizmetçisi olduğunu düşünmediği sürece, onuruna daha kötü bir darbe indiremezdi. Ne de olsa Purab Chaddha'nın koruması gereken bir itibarı vardı. Ayrıca, kalabalık hiç var olmamış gibi davranarak çok akıllıca davranmaya çalışmıştı, değil mi? Hayır, kesinlikle hayır, kendisi yüksek sesle söyleyene kadar soruyu bilerek geçiştirecekti.

"Purab..."

Cevap vermedi. Sadece hamburgerini yemeye devam etti. Purab Chaddha'nın onun hatırı için kalkıp koltuğunu terk edeceğini mi sanıyordu? Kim olduğunu sanıyordu ki? O aptal bahis olmasaydı ona çıkma teklif bile etmeyecekti.

"Purab... uh..."

Onun için hiçbir önemi yoktu, değil mi? Ne oldu şimdi? Gerçekten bu kadınlar, ikiyüzlülüklerini sürdürmek için ne kadar ileri gidebilirlerdi?

Çok da uzağa değil, "Acaba... Acaba gidip bana bir tane getirir misin?"

Bunu o mu söyledi? Adam bir an için gözlerini ona dikti ve sonra hamburgerine geri döndü.

"Purab... lütfen..."

"Git kendin al," dedi kısaca.

"Ama ...ama ...," diye kekeledi, "Orası çok kalabalık..."

Peki, onun için de aynı şey olmayacak mı? Cüzzamlı falan mıydı ki insanlar onu görünce kaçsınlar?

"Lütfen Purab.., yumuşaklık istemiyor musun?"

"Hayır."

"Lütfen..."

"Kendin al." dedi kaba bir şekilde, bu sefer öncekinden biraz daha yüksek sesle.

İçini çekti ve ayağa kalktı, "Evet, senden bunu istemem haksızlıktı."

Purab onun gidişini ve dondurma kuyruğuna girişini usulca izledi. Üzücüydü ama artık canına tak etmişti. Söylediği onca şeyden sonra ona boyun eğmesi mümkün değildi. Ayrıca insanlar Pamela Chopra'nın Purab'ın elinden yemek yediğini görseler ne derlerdi?

Pamela sıranın sonunda sabırla beklerken, kavrulan boğazı ve tezgâhta asılı duran ve etrafa göz gezdirirken kendisine davetkâr bir şekilde göz kırpan nefis görünümlü dondurma resmi dondurma isteğini kat be kat artırmıştı. Purab'ın kendisine davranış biçimi onu oldukça sinirlendirmişti, en çılgın hayallerinde bile onun bu kadar kaba olabileceğini düşünmemişti. Bu adamda kızların çekici bulduğu ne vardı? Tezgâha doğru yürürken öfkeyle düşündü.

Ama sonra insaflı olmak gerekirse, adam onun iyiliği için sessizce korkunç bir filme katlanmıştı. Mekândan hiç memnun görünmüyordu ama siparişi gecikince beklemeye devam etmişti. Ve sonra, hiç istemediği halde ondan dondurma getirmesini istemeye hakkı yoktu. Kalabalık gerçekten de korkunç bir engeldi ve belli ki kız bu cüreti gösterdiğinde pek de iyi bir ruh halinde değildi.

Ayrıca, onun için kim oluyordu da böyle aptalca bir istekte bulunmuştu? O asla böyle bir şey yapmazdı.

Ama gün geçtikçe, zihni yavaş yavaş tüm çekingenliklerinden kurtulmuş ve böyle bir cüretkârlık ortaya çıkmıştı. Belki de Purab Chaddha'nın sözde sihri burada yatıyordu.

Artık öfkesi biraz yatışmış ve böyle bir durumda sabırsızlığın boşuna olduğunu fark eden Pamela biraz daha rahatlamıştı. Bunu asla yapmamalıydı. Sadece kendini o kadar tembel hissediyordu ki....

Önce önüne, sonra da durduğu sınırsız kuyruğa baktı. Birkaç saniye boyunca ayağını yere vurdu, birkaç baş ilerisindeki sevimli tombul bir bebeğe gülümsedi ve sonra ileriye doğru endişeli bir bakış attı. Dakikalar yavaş yavaş akıp giderken ve kuyruk fil yürüyüşüyle ilerlerken, tekrar gergin hissetmeye başladı ve kendini meşgul etmek için etrafına bakmaya başladı.

Bir ara huzur içinde yemeğini yiyen Purab'a baktı ve bu terletici kuyrukta beklemektense oraya geri dönmeyi düşündü. Ama neredeyse ortasına gelmişti ve şimdi çıkıp gitmek aptallık olurdu. İçini çekti ve yan tarafına dönerek gözlerini çeşitli müşterileriyle dolu masalara dikti.

"Birileri acıkmış..." bariton sesi onu neredeyse yerinden sıçrattı ve doğruca sesin geldiği boğaza yöneldi. Pamela'nın gözleri ateşli karşı komşusunun gözlerine kilitlendiğinde omurgasından bir ürperti geçti ve dudaklarından duyulamayan bir nefes çıktı.

Bazı Rakiplerimiz Var

Birkaç ay önce evinin karşısındaki eski, boş bungalov eve taşınmıştı. Uzun boylu, esmer, yakışıklı, atletik yapılı ve büyüleyici bir gülümsemeye sahip olan bu adamı ilk gördüğünde Pamela'nın kalbi yerinden fırlayacakmış gibi olmuş ve güzel karısını kapıdan içeri girerken gördüğünde de hemen yere çakılmıştı. Onunla ilgili pek çok bilgiyi, aynı derecede etkilenmiş komşu kızlardan edinmişti.

Bir çağrı merkezinde, çoğunlukla gece vardiyalarında çalışıyordu. Aynı zamanda hevesli bir model ve aktördü. Ludhiana'daki hiçbir rampa gösterisi onsuz tamamlanmış sayılmazdı. Djinn'in moda festivaline de katılmıştı. Şu anda Bollywood'da ya da televizyon dünyasında büyük bir çıkış yakalamak için çok çalışıyordu. Vücudu batı kıyafetlerini kolaylıkla giyebilirken, Hintli gibi sert yüzü geleneksel kurta ve sherwanilere daha fazla cazibe katıyordu. Hafif aksanlı sesi pek çok kızın nabzını hızlandırıyordu.

Pamela tek başına hiçbir şey bilmiyordu. Annesi tarafından kendi yaşıtlarıyla görüşmesi konusunda defalarca teşvik edilmesine rağmen evlerine yaklaşamayacak kadar utangaç ve çekingendi. Üniversite ve notları onu meşgul ettiği için onu neredeyse hiç görmüyordu. Sadece arada bir, sabahları üniversiteye gitmek üzere yola çıktığında, koşudan dönerken ona rastlıyordu. Evine doğru yürürken ona gülümsüyor ya da bir tür selam veriyordu, o da utangaç bir şekilde gülümsüyor ve yarım bir baş sallıyordu.

Onunla burada, bu koşullarda karşılaşmak hiç beklemediği bir şeydi. Dudaklarının titrediğini, söyleyecek bir şey bulamadığı için boğazının kuruduğunu fark etti. Adam ona sırıttı ve o da utangaç bir şekilde göz kapaklarını eğdi. "Gerçi sizinle burada tanışmak pek de söylemem gereken bir cümle değil ama bir başlangıç yapmak için en uygun cümle bu gibi görünüyor."

Adamın kesinlikle bir tarzı vardı, Pamela gözlerini adamın kendisinden bir karış kadar yüksekte duran yüzüne dikti ve gülümsedi. "Burada ne yapıyorsun diye sormak aptalca bir soru, etraf o kadar açık ki ve buraya nasıl geldiğin daha iyi görünüyor..."

"Buraya film izlemeye geldim..." dedi yavaşça ve utangaçça, "Bir şeyler atıştırmaya karar verdim."

"Ama tabii ki, en doğal yol bu. Ancak bunu kendi başına yapmana izin verdikleri için şehirdeki tüm erkeklere aptal demek için bir sebep veriyor."

Pamela'nın yüzüne bir sıcaklık yayıldı ve o anda ne kadar sevimli göründüğünün kesinlikle farkında değildi, yanakları iki büyük domates gibi şişmişti. Karşısında duran adamın aurası içinde titredi ve bir şekilde kekelemeyi başardı, "Oh...n.. Hayır, yalnız değilim. Bir arkadaşımla birlikte geldim..." elini Purab'ın oturduğu yöne doğru kaldırdı.

Kaşlarını kaldırdı ve o yöne doğru bakarak, şu anda hamburgerlerini atıştırmış, huzur içinde soğuk içkisini yudumlayan, tamamen habersiz Purab'a baktı. "Geçim kaynakları tükendi herhalde..." diye kaşlarını çattı.

Kadın sırıttı, "Onun için değil. Bir yumuşaklık istedim..."

"Ve seni gidip onu almaya mı zorladı? Umarım sağlıklı bir çift bacağı vardır?"

"Tabii ki var... Dondurmayı isteyen bendim."

"Sanırım bacaklarından daha büyük, daha tembel bir poposu var."

"Hayır... hayır, ben ....," sahte de olsa randevusuyla ilgili böyle kötü bir izlenimi onun gibi birine bulaştırmak istemiyordu, "bende öyle bir şey olmadığını göstermem gerekiyordu..."

"Ve buna karşılık onun da görgüsü yok...."

İrkildi. Gerçeği söylemesine rağmen neredeyse ona hakaret etmiş gibi hissetti, bu birkaç dakika önce kendisinin de düşündüğü bir şey olmasına rağmen.

"O sadece..." dedi savunmacı bir tavırla, "biraz fazla yorgundu."

"O zaman toparlanma şansını da kaybetti. Sana bir anlık bir bakış, tüm yorgunluğu pencereden dışarı atmak için yeterli."

Pamela beceriksizce kıpırdandı. Bütün bu flörtleşme onu son derece rahatsız ediyordu. "Sizi buraya getiren nedir?" Konuyu değiştirmek için öyle dedi.

Gamzelerini tekrar ona doğru parlattı. Bir elini kaldırarak düz karnını sıvazladı, "Sebepler sizinkilerle aynı, senyorita," dedi ağır bir aksanla ve onu gülümsetti, "Ablam bugün greve gitmeye karar verdi ve ben de kendimi berbat yemeklerimle zehirlemektense, bu ooh-la-la yağ kaplı burgerlerle ölmenin daha iyi olacağına karar verdim..."

Güldü. Elbette, bu modellerin ne kadar telaşlı bir hayatları vardı, ayrıca tüm bu cazibelerden uzak durmanın dezavantajı da eklenmişti. "Yalnız mı geliyorsun?" diye sordu. Yüzünü buruşturdu, "Ne yazık ki dondurma almak için yorulmayacağım biri yok yanımda..."

Uh-oh. Yine tehlikeli bir bölgeye girmişlerdi. "Buraya oldukça sık geliyor olmalısınız..." dedi aceleyle. Adam sırıttı, "Sizi şaşırtabilir ama fotoğraflarım buraya benden önce gelmiş." Bu doğruydu. Pamela onun farklı giyim mağazalarının önünde müşterilere gülümseyerek hava atan birkaç fotoğrafını görmüştü. "Ve buradaki pek çok marka için modellik yapmış olmama rağmen, bu gerçekten de buraya ilk gelişim."

"Ah... hadi ama..." diye itiraz etti hemen. Buraya daha önce gelmemiş olduğuna inanmak çok zordu. Herkes değil, hele hele herkes onunla aynı şansı paylaşmıyordu. "Mümkün değil..." diye durdu. Kızın gözleri şaşkınlıkla irileşirken Purab ona eğlenerek baktı: "Sis????"

Yemeği nihayet sona eren Purab'ın huysuzluğu artık yatışmıştı ve birkaç dakika önce olanları biraz kırgınlık biraz da suçluluk duygusuyla değerlendirdi. Bu bir erkeğe yakışan bir davranış değildi. Ne yani, hiçbir erkeğin birlikte ölmek istemeyeceği kızlardan biri olması, ona saygı gösterilmeyeceği anlamına mı geliyordu? Diğer randevuları için bir şeyler almak için çok daha büyük kuyruklarda sürünmüştü, şimdi bunu yapmak önemli değildi. Aastha ne demişti? Bahsi kazanmak istiyorsa, randevu boyunca onun ilgisini sürdürmesi gerekiyordu. Ve değersiz bir filmin onu alt etmesine izin mi vermişti? Onunla bu şekilde konuştuktan sonra onu bırakıp eve gitmemesi bir mucizeydi.

İşleri yoluna koyma zamanı gelmişti. Ona gidecek, özür dileyecek, kuyrukta onunla yer değiştirecek ve ona o yumuşaklığı verecekti. Acele etse iyi olacaktı; kadın çoktan sona ulaşmışsa bir anlamı olmayacaktı. Onay için döndü ve dik oturdu.

Purab bu manzaraya bakarken birikmiş tüm iyi niyeti silindi ve yeni bir öfke dalgası kapladı içini. Bu tür adamları yeterince iyi tanıyordu; onlarla ilk kez karşılaşmıyordu.

Omuz hizasında kaba saçlar, bir haftalık kirli sakallar, kolsuz, dar yakalı bir gömlek, steroidle pompalanmış gibi görünen pazular. Tüm kadınlar için tiksindirici olan bu özellikler, bu adamda bir araya gelerek dünya üzerindeki hiçbir kadının karşı koyamayacağı ölümcül bir kombinasyon oluşturuyordu. Purab flört maceraları sırasında her türden yarışmacıyla uğraşmıştı ama en çok bu tür erkeklerden nefret etmişti.

Kadınlar arasında tek başına yaptığı fetihlerin sayısı nedeniyle her yerde saygı görüyor ve selamlanıyordu ama Tanrı biliyor ya, bu kolay bir işti. Bir kıza kur yapmak ve onun tenine girmek için çok fazla ter ve baharat gerekiyordu. Ona ve onun gibi erkeklere gelen başarı, çalkantılı çabalarla elde edilmişti. Ancak tüm bunları ayaklar altına alabilen ve sadece varlıklarının gücüyle tüm kızların kalbine kusursuz bir kolaylıkla süzülebilen bu adamlar için durum böyle değildi. Bu, sahip oldukları doğal bir çekicilikti ve onlara parmaklarını bile kıpırdatmadan ilerleme konusunda haksız bir avantaj sağlıyordu.

Purab korkak değildi; nasıl savaşılacağını ve hakkı olan şey için nasıl savaşılacağını çok iyi biliyordu. Ama düşman daha silahını kaldırmadan çoktan yağmalamışken ne yapabilirdi ki? Diğerlerinin tek istediği sadece orada olmakken, onun didişmeleriyle ve hatta yalvarmalarıyla ne şansı olabilirdi ki?

Şimdi Pamela ve o yabancının sohbet edip gülüşmelerini çaresiz bir öfkeyle izliyordu, giderek artan yakınlıkları onu delip geçen bir bıçak gibi kesiyordu. Pamela'nın gülümsemesi daha önce hiç bu kadar parlak görünmemişti ve yeni arkadaşının konuştuğu her satırla birlikte genişliği artmaya devam etti. Ayrıca eskisinden daha güzel görünüyordu, yüzü erkeklerin ilgisinden aldığı bariz zevkle parlıyordu, bu da diğer adamın Pamela'yı baştan çıkarıcı sözlerine tamamen kaptırmak için çabalarını daha da yoğunlaştırmasına neden oldu. Bunu nasıl yapabildi, diye düşündü öfkeyle, o günkü randevusuydu, onun için yaptığı her şeyi, ona harcadığı onca zamanı nasıl unutabildi ve kelimenin tam anlamıyla başka bir adamın kollarında öylece çekip gidebildi?

Ama sonra, bu felaket için gerçekten kim suçlanacaktı? Eğer kalkıp onun o yumuşak kollarına gitmeyi kabul etseydi, böyle bir şey olmayacaktı. Aslında onunla kaba bir şekilde konuşarak durumu daha da kötüleştirmişti. İncinmiş bir kalbi eritmek en kolayıydı ve bu kadar ateşli biri için çocuk oyuncağıydı. Ve şimdi onun zihnini ele geçirecek, ona işleri yoluna koymak için neredeyse hiç alan bırakmayacaktı.

Purab oturduğu yerde bu yeni engelle nasıl başa çıkacağını düşünürken, adam oldukça soğukkanlı bir şekilde ölümcül bir manevra yaparak kenara çekildi ve kibarca ve aynı zamanda şık bir şekilde Pamela'ya yerini almasını teklif etti. Pamela teklifi utangaç bir tavırla kabul edip bir adım öne çıkarken gözlerinde bir sıcaklık parladı; Purab'ın gün boyunca onu memnun etmek için uyguladığı tüm taktiklerde hiç görmediği türden bir sıcaklıktı bu ve bunun tadını çıkarma şansından mahrum kaldığı gerçeği onu kesinlikle depresif hissettirdi.

Arkasını dönüp cam duvardan dışarı baktı ve savaş çoktan kazanıldığına göre bir hamle yapmak için artık çok geç olduğunu fark etti, açıklanamaz bir öfke içinde kaynıyordu, gidip o sakallı adamı ya da daha doğrusu kendisini yumruklamak için her türlü niyeti vardı. Keşke tüm bunları önlemek için tembelliğinin bir kısmını küçük bir yumuşaklık için feda etseydi. Tüm çabaları, her şey boşa gitmişti. Ve garip bir şekilde......... sinirlenmesinin tek nedeni bu değildi.

Birkaç dakika sonra Pamela, gözleri hâlâ eski arkadaşını bıraktığı yöne sabitlenmiş bir şekilde, bir yumuşağı yalayarak geldi. Purab, Pamela otururken dudaklarında beliren gülümsemeye baktı, aklı hem öfke hem de incinmişlikle doluydu. Pamela uzaklara bakmaya devam ederken yanakları sevinçten kızarmıştı. "İyi vakit geçirmişe benziyorsun," dedi bir süre sonra, daha fazla dayanamayarak.

"Ha?" Pamela dikkati dağılmış bir halde ona döndü, "Oh," diye sırıttı, adamın bariz kızgınlığını anlamıştı, "Bir arkadaşıma rastladım. O benim komşum. Benim evimin karşısındaki evde oturuyor."

Ancak bu adamın sıkıntılı ruhunu rahatlatmadı, "Bahsettiğin pek çok şey var."

"Oh, çok değil," diye gülümsedi, "Sadece şu ve bu..."

"Bir şey unuttu, değil mi? Sıradan çıktı, gördüm...."

"Oh, bunu onun yerine geçmeme izin vermek için yaptı."

"Oh..." dedi sıkıntıyla, "Ona aceleniz olduğunu mu söylediniz?"

"Hayır, neden öyle bir şey yapayım ki?" dedi, "Acelem yoktu..."

"Bunu kendi inisiyatifiyle mi yaptı?" Şaşırmış gibi görünmeye çalışarak sordu, sanki bu bir erkek için hiç de doğal olmayan bir şeymiş gibi.

"Çok tatlı," diye gülümsedi, gözleri yine yoğun kalabalığın içinde ona doğru uzanıyordu, "Yapmasına gerek yoktu ama iyi hissettirdi..." Rüya gibi bir gülümseme verdi.

Purab çaresizlik içinde ona baktı. Şövalyelik bugünün standartlarına göre tamamen modası geçmiş bir silahtı ama keskinliği hâlâ yerindeydi. Bugünün kızı arabadan inmesi için kapıyı açacak bir erkek aramazdı ama açmayan bir erkeği seçmeden önce iki kere düşünmezdi.

Sen bir aptalsın, Purab Chaddha, tam bir moronsun. Cahilce yapılan bir hata yine de affedilebilir ama güpegündüz, gözler açıkken, tam bilgiyle yapılan bir hata günahtan başka bir şey değildir.

"Onunla konuşmak güzeldi," diye mırıldandı Pamela, sesi tahrik olmuş duygularının bir parçasını bile ele vermiyordu, aklı hâlâ o çekici yabancının düşüncelerinde kaybolmuştu.

"Ve onun bu kadar yakışıklı olduğunu hiç düşünmemiştin," diye bitirdi Purab bıkkın ve sıkılmış bir ses tonuyla.

"Hayır," dedi kısaca ve tekrar arkasını döndü, "bekâr olduğunu hiç bilmiyordum..." dedi iç çekerek.

Purab ona baktı, sonra omuz silkti ve verdiği aptalca kararın tüm sonuçlarına hazırlandı. Elbette, temel kuralı -her zaman kızı takip et- ihlal etmenin hiçbir mazereti olamazdı. Bunun kızların ilgisini canlı tuttuğunu her zaman biliyordu ama şimdi Pamela'ya bakınca yeni bir nokta daha ortaya çıkıyordu: Kızların sadece seninle ilgilenmesini sağlıyordun.

Hedefin Üzerine Çizmek

Pamela devasa alışveriş merkezinin diğer ucunun dışında bekleyerek etrafta Purab'ı aradı. Az önce ona beklemesini söylemiş ve binadan çıkan insanların telaşı arasında aniden ortadan kaybolmuştu. Şimdi ne olmuştu? diye merak etti. Gün artık sona ermişti ve keyifli bir gün olmuştu. Sadece onun için de öyle olmasını umabilirdi ama onun aksine bunun olması için elinden geleni ardına koymamıştı. Belki de onun gibi erkeklerin asla ve asla onun gibi kızları seçmemelerinin nedeni de burada yatıyordu.

"Ta-dah!" Önüne atlayan bir figür onu şok ederek aklını başından aldı. Kıpırdandı ve küçük bir ünlem çıkardı, sonra bunun sadece Purab olduğunu ve önünde bir yumuşaklık tuttuğunu fark etti.

"O da ne?" Şaşırarak sordu.

"Bir barış teklifi," dedi adam gülümseyerek. Göze göz, dişe diş, yumuşağa yumuşaklık.

"Neden ne oldu?" Kadın şaşırmıştı.

"Hiçbir şey. Restorandaki kötü davranışım için özür dilemek istedim."

"Kötü davranış mı?"

Tabii ki, neden hatırlasın ki? Bu ona o piçle karşılaşma şansı verdi.

"Benden sana yumuşak bir şeyler getirmemi istedin, ben de reddettim. Gerçekten üzgünüm..." diye detaylandırdı.

"Özür dileyecek bir şey yok. Yorgundun..."

"Sen de öyleydin. Ama yine de seni ben gönderdim..."

"Neden yapmayasın ki? Bunu isteyen bendim..."

Şu anda zor bir durumdaydı. Başka bir kız olsa avazı çıktığı kadar bağırmaya başlar, ona görgü kuralları konusunda hızlandırılmış bir ders verirdi.

"Ama yine de," diye ısrar etti, "seninle böyle konuşmamalıydım. Özür dilerim, sana başka bir tane getirdim."

"Hayır, teşekkür ederim," diyerek başını salladı ve büyük mermer basamaklardan ana yola doğru yürümeye başladı.

"Lütfen Pam;" Purab da peşine takıldı, "Özür dilerim..."

"Olmana gerek yok..." dedi yürümeye devam ederek.

"Evet gerek var. Lütfen beni affet...."

"Sorun değil...."

"O zaman lütfen bunu al," diye ona uzattı.

"Hayır teşekkürler," diye tekrarladı.

"Neden?"

"Az önce bir yumuşaklık yaşadım Purab," diye hatırlattı ona.

"Ne olmuş yani?"

"Bir tane daha yiyemem..."

"Neden olmasın?" Hangi kız bir dondurma daha yeme şansına atlamaz ki, hem de bedava?

"Yapamam. Çok tatlısın ama hayır." Kararlı bir şekilde söyledi.

O adama da tatlı demişti. Bu da artık eşit oldukları anlamına geliyordu.

"Lütfen Pam...."

"Sorun değil Purab. Dondurma istemiyorum."

"Yani beni affetmedin mi?"

"Elbette affettim," diye tersledi ve ona dönerek aniden, "Yani ortada affedilecek bir şey yok," dedi.

Evet, vardı. Onun kendisinden bu şekilde uzaklaşmasına izin verdiği için kendini affetmesi gerekiyordu.

"Yani, özrümü kabul etmek istemiyorsun," derken çökmüş görünüyordu.

"Purab!" dedi kızgınlıkla, "Aptalca davranmayı bırak....."

"Yani şimdi ben de aptal oldum," dedi adam kırgın bir şekilde, "Bugünlerde özür dilemek aptallık..."

"Hayır, değil," dedi kız öfkeyle.

"O zaman al," diye tekrar yumuşak dondurmayı gösterdi, dondurma erimeye ve külahın etrafındaki kağıt mendile damlamaya başlamıştı.

"Neden? İstemediğimi söyledim..."

"Çünkü gerçekten çok üzgünüm," diyerek o adamı aklından çıkarması gerekiyordu. Her neyse.

"Özür dilemesi gereken benim," dedi iç çekerek, "sana o berbat filmi izleterek, tüm vaktini boşa harcayarak, sana emirler yağdırarak günü senin için korkunç hale getirdim..."

"Ve şimdi benimle çıktığına pişman oldun..." dedi suçlayıcı bir şekilde ve yürümeye başladı.

"Hayır Purab, bunu sana ne düşündürdü?" diyerek arkasından koştu. Dehşete kapılmıştı.

"Başka ne düşünebilirim ki?" "Tabii ki bu yüzden beni artık ciddiye almıyorsun..." dedi öfkeyle.

"Kim söyledi bunu?"

"Kimsenin bir şey söylemesine gerek yok. Satır aralarını okuyamayacak kadar aptal değilim..."

"Anlamıyorum..."

"Anlamıyorsun, değil mi?" dedi kızgın bir ifadeyle, "küçük bir terbiyesizlik yaptım, beni bütün gün tribünde bekletmek zorundasın."

"Hâlâ anlamıyorum," dedi biraz tereddütle.

"Asla anlamayacaksın. Tek yapabildiğin, o gün için bir mazeret uydurmak üzere kendinde kusurlar bulmak. Bana dolaylı olarak başarısız olduğumu söylemek. Standartlara ulaşamadığımı."

"Hangi standartlar? Sen neden bahsediyorsun?"

Kız kendisinin bu zahmete değmediğini ima etmeye çalıştığında öfkeden deliye dönmüştü. Bunun bir felaket, tam bir fiyasko olduğunu biliyordu ama o da bir insandı ve ona insan gibi davranılması gerekiyordu. Ve lanet olsun ki, bu onun suçu değildi.

"O gün başladığımız dostluk denemesi. Beni hâlâ o kaidenin üzerine koymadığını biliyorum ama bu beni, senin iyiliğin için bir şeyler yapmak adına sana o önemi verme hakkından yoksun kılmıyor."

"Ama zaten çok fazla şey yaptın," diye itiraz etti, "Aslında aşırıya kaçtın...."

"Söylemen gereken bu," dedi somurtkan bir şekilde, "Ama ben senin gerçekten ne düşündüğünü biliyorum..." Yine ondan uzaklaştı.

"Bir yumuşaklık için bu kadar yaygara niye?" İkisi de yola çıkarken sordu.

"Neden bana soruyorsun," diye ona döndü, "Onu yaratan sensin."

Kadın ona baktı, "Benim bir tane olduğunu gördün. Neden bir tane daha aldın ki?"

"Peki bir tane daha almanın senin için ne sakıncası var? Kilonu 10 kilo artıracak değil ya..."

"Hayır.... ama" diye tereddüt etti, "sonuncusunun tadı hala damağında...."

"Evet.... kaba davranışımın tadı da öyle. Günün geri kalanını bir dakika içinde unutturmaya yetecek kadar...."

"Hayır..." diye itiraz etti.

"Düşündüğünüzün aksine.... birlikte unutulmaz bir gün geçirdiğim bir arkadaşıma kötü davrandığım gerçeğinden kesinlikle çekiniyorum...." yalan söylemediğini biliyordu, "Ve bunu telafi etmek istiyorum. Ama arkadaşlığınıza layık olduğumu kanıtlama görevimde üzerinizde neredeyse hiç etki bırakmadığımı nereden bilebilirdim ki bir hata kolayca affedilip unutulabilsin."

"Neden böyle olduğunu düşünüyorsun?"

"O zaman neden özrümü kabul etmiyorsun?"

"Ama özre gerek yok ki..."

"İşte yine başladın..." dedi öfkeyle ve arkasını döndü, "Sen bilirsin..."

Uzaklaşmaya başladı. Belki de gerçekten aşırıya kaçıyordu, bir an için düşündü, bu kadar önemsiz davranmak için bir neden yoktu, zaten kadın bunun önemli olmadığını söylüyordu.

Ama onun için önemliydi. Gün sona erdiğinde uzaklaşırken onun hakkında kalıcı bir izlenim bırakmasına ihtiyacı vardı. En azından bir günlüğüne başka kimse ona sahip olamayacaktı.

"Neden arkadaşlığımızı aptal bir dondurmayla bir tutuyorsun?" Kız itiraz etti.

Adam ona geri döndü. "Yani şimdi bir arkadaş için yapılan her şey aptalca mı? Her neyse," diye omuz silkti, "senin de aynı şeyi ne kadar hissettiğini herkes tahmin edebilir."

"Ama neden? Neden bir nezaketi kabul etmeyi reddetmem senin hakkında ne hissettiğim hakkında bu kadar çok şey düşünmene neden oluyor?"

"O zaman bunu at ağzından duyalım," diye meydan okudu, "O halde benim hakkımda ne hissediyorsun?"

"Şey," diye tereddüt etti.

"Hadi Pam," diye ısrar etti, "gün artık sona eriyor. Renklerimi sana gösterdim, resmin bütününü nasıl buluyorsun? İkinci bir bakışa değer mi?"

Düşünecek olursak, gerçekten de merak ediyordu. Onun hakkında gerçekten ne düşünüyordu?

"Çok önemli olduğunu düşünmüyorum....." Yavaşça söyledi.

Hedef Yemi Görüyor

Artık kızgın değildi. Onun gibi biri söz konusu olduğunda artık daha iyi biliyordu. Belki sadece biraz incinmişti. Ama kesinlikle kızgın değildi.

"Tabii ki değil. Cansız kitaplarınız, uzun zamandır sakladığınız notlarınız, hatta etrafınızdaki hava bile benim gibi önemsiz bir insan parçasından daha önemli..." dedi biraz umutsuzca.

"Purab...." kız şaşkınlıkla ona baktı.

"Hayır... sorun değil Pam," diye kısa kesti, "açık sözlülüğünü takdir ediyorum. İnsanların benim hakkımda ne hissettiklerini bilmek hoşuma gidiyor, bu hoş bir gerçek olmasa da. Tanrı bilir diğer kızlar da senin kadar dürüst olsalar beni ne kadar zahmetten kurtarırlardı..."

"Ama..."

"Şu anki durumdan çok da memnun olmadığımı inkar etmeyeceğim. Hepsi benim hatam ve yenilgimin yanı sıra bu gerçeği de kabul ediyorum. Sanırım şimdi dilemem gereken iki özür var ama çok uzun zaman önce dile getirmediğim soruma verdiğiniz cevaptan sonra artık bir nedenim var mı emin değilim..."

"Ne... Neden bahsediyorsun?" Yine kafası karışmış görünüyordu.

"Belki de bu nezaket gerçekten boşa gitti." Yarı erimiş dondurmaya baktı, "Bunu kabul edeceğini düşünmeme ne sebep oldu? Söylediklerimin senin için hiçbir anlamı yokken," ona baktı, "özür dilemem gerektiğini düşünecek kadar aptal olmak zorunda mıyım?"

"Sözlerinin benim için bir anlamı olmadığını kim söyledi?" Nazikçe sordu.

Gerçekten de unutkandı, değil mi? Rütbe listesinin en tepesinde kalmayı nasıl başardığı küçük bir merak konusuydu.

"Bir bakıma iyi oldu," diye kabul etti, "Söylediğim bazı incitici sözlerden hiç etkilenmemeni sağladı. Ama şu acımasız bir gerçek ki, bizim için önemli olan sadece bizim için önemli olanların davranışlarıdır. Restorana girmeden önce durumu bana açıkça ifade etmiştiniz. Yine ben..." sözlerini yarıda kesti, "Boş ver..." dedi öfkeyle ve ondan uzaklaştı.

Kısa bir duraklama oldu. Sonra onun yumuşak, tereddütsüz sesini duydu: "MacDonald's'ta söylediklerim seni üzmüşe benziyor. Neden hiç dikkate almadığını merak ediyordum. Şimdi bunu tamamen farklı bir anlamda anladığını fark ediyorum."

Bu, adamın dönüp soran gözlerle ona bakmasına neden oldu. Sağır falan değildi. Onun ne demek istediğini anlamıştı. Yabancı bir kodla başka bir şey mi demek istemişti?

Konuşurken eğlenerek gülümsüyordu: "Söylediğim söz benimle ilgili değildi Purab. Sadece senin için bir öneriydi."

Purab afallamıştı. "Ben mi? Ne için? Ben..."

"Asıl söylemek istediğim, benim gibi insanların söylediklerine kulak asmamanız gerektiğiydi," dedi sakince, "Hiç önemli değil..."

Bütün bunların anlamı neydi? Bu kadın nasıl yeni bir oyun peşindeydi?

"Bu konuyu açarak bir hata yaptığımı biliyorum," diye devam etti, "Ama önceden planlanmış bir şey değildi ve ben de öylece konuya daldım."

Konu mu? Ne konusu? Sonra yavaşça onun aşka inanma simülasyonu hakkında nasıl bir yorum yaptığını hatırladı.

"İncinmiştin. Kendimi gerçekten kötü hissettim. Sen bana dostluk elini uzatmak için yola çıkmıştın ve ben orada..." diye iç geçirdi.

O da kendini kötü hissetti. Gösterdiği tepki oldukça abartılıydı.

"Bunların hepsi diğerlerinden farklı olduğun için. Etrafınızdaki herkesi arkadaşınız yapmak istiyorsunuz. Ve hayatının her noktasına eşit önem vermek istiyorsun." Ve Purab aniden, kadının kendisine, o davetsiz misafir yabancıyı gördüğü sıcaklıkla baktığını fark etti. Ancak ironik bir şekilde, şimdi bunu hoş karşılayamıyordu.

"Çok tatlısın ama bu kadar abartmamalısın. Benden özür dilediğinde biraz fazla ileri gittiğini anlamıştım. Seni incitmek istememiştim. Ama bunu söylerkenki ses tonundan, söylediklerim üzerinde çok fazla düşündüğünü anladım. Beni daha çok üzen şey ise seni benden özür dilemeye itmiş olmasıydı. Bunu neden yaptınız? Ne için?"

Neden yapmasın ki? Şaşkınlıkla düşündü. Eğer bir hata yaptıysanız, bunu düzeltmek kurallara aykırı mıydı?

"Bak şimdi yine aynı şeyi yapıyorsun," diye kederli bir ifadeyle dondurmaya baktı, "o zaman da sana haksız yere bana hiç hakkım olmayan bir dondurma almanı emretmiştim."

Ona tam olarak emir vermemişti. Bu kibarca bir ricaydı ve o da bunu en uygunsuz şekilde geri çevirmişti, diye düşündü biraz utanarak.

"Sen tüm kalplerin fethedilemez kralı gibisin. Bu kadar alçalmak, hem de benim hatırım için, kesinlikle sana yakışmıyor."

Karar veremedi. Onu övüyor muydu yoksa onunla alay mı ediyordu?

"İnsanlar beni görmezden gelip aşağıladıklarında aptal değiller Purab. Haklıydın, çünkü gölgelerde yatıyorum, çekici görünmek için ne gerektiği hakkında en ufak bir fikrim yok, birinin ilgisini çekecek tek bir özelliğim bile yok. Ve daha da kötüsü, kendimi değiştiremiyorum. O kadar mutsuz olduğumdan değil ama bu zorunlu yalnızlığın pazarlık ettiğimden daha fazlası olup olmadığı sık sık aklıma geliyor." İç çekti.

Sonra gülümsedi, "Ama biliyor musun, öyle değil. İnsanların benim gibi değersiz birini dikkate almaktan başka yapacak çok işleri var. Ve ben de birileri için herhangi bir anlam ifade etme yeteneğine sahip olmadığımı fark ediyorum. Bir deneme yapabileceğimi düşünme cüretini göstermem benim hatamdı. Ve karşılığında, bu süreçte seni incittim." Konuşurken gözleri parlıyordu, okşamanın ışığı öylesine parlaktı ki, Purab bir yanlış anlama dalgasının aniden onu yaptıklarının kofluğu içinde çok küçük hale getirdiğini hissetti.

Ne yapıyordu ki? Hepsi aptalca bir bahis uğruna mıydı? Daha önce hiç kimsenin dudaklarındaki gerçek, başkalarına karşı çekiciliğini dengelemek için yansıttığı sürekli yalanın göz kamaştırıcı zıtlığıyla onu iğnelememişti.

"Aptallığımı anlamamı sağladın Purab. Tüm sorunlarımı ve hatalarımı kabul edecek kadar tatlısın ama bu katlanabileceğimden çok daha fazla. Gün bana gösterdi ki sen benim gibi biri için çok üstünsün. Her şeyi mahvettim. Tüm bu karmaşa benim sayemde. Şimdiden benimle yola çıkmamış olmayı dilediğini biliyorum. Ve haklısın. Başka herhangi biri sana çok daha ilginç ve keyifli bir zaman yaşatabilirdi. Öyleyse neden benim için bu kadar uğraşıyorsun? Benim yüzümden bu kadar üzülme, Purab. Biliyorsun ki sadece senin için en önemli olan kişiler seni incitme gücüne sahiptir."

Purab dehşet içinde ona baktı. Ona zarar veren kendisiydi. Ona unutulmaz bir zaman yaşatmak yerine, onu şimdiye kadar yaşadığından daha da fazla sefaletin içine sürüklemişti. Daha şimdiden, başkalarının ona karşı olan tutumundan dolayı, tüm saygıyı hak etmediği inancını içinde taşımaya başlamıştı. İçinde yaşadığı yalnızlık onun kaderiydi, dünyasındaki insanların yokluğu onun bariz kusurlarının bir sonucuydu. Gün boyunca ona karşı davranışlarıyla bu inancı daha da pekiştirmişti.

Günlerdir zihninde yer etmiş olan tüm o acıyı uzaklaştırmak yerine, hepsini derinlere itmişti. Her şey lanet olası bir kadını kanıtlamak içindi, biri öğrenirse tüm üniversitenin alay konusu olacağı gerçeğine rağmen bu kızla çıkabilirdi.

Ancak bu tamamen herkesin suçu değildi. Kız takıntılı bir yalnızdı, açılmaya ve başkalarının ona açılmasına izin vermeye hiç ilgi duymuyordu. Açılsalar bile, onlarda benzer bir ilgi uyandırmak için hiçbir şey yapmıyordu. Görünüşüne, tavrına neredeyse günahkâr bir dikkatsizlik göstermesi, zaten bu türden bir şey elde etmek için hiçbir şeyi yokken kendine olan saygısını korumak için gösterdiği aptalca inatçılık onu tüm şakaların hedefi haline getirmişti. Duruma daha da kayıtsız kalması, B.T'deki çocukların onu hedef tahtası haline getirmesine neden oldu.

Yine de bu çocuklar korkunç gaddarlıklarında, gerçeği olduğu gibi yüzüne vurarak aslında haklıydılar. O ise tamamen yanlış bir yol seçmiş, ona aslında kök salmış olduğu gerçeklikten çok uzak bir dünya göstermeye çalışmıştı. Purab Chaddha ile birlikte ortaya çıkmış olması bile başlı başına büyük bir dönüşüm anlamına gelmeliydi.

Ama o sadece kızın zihnini, içinde debelendiği aşikâr olan düşük özgüven bataklığına daha da saplamıştı. Kabul, kız ona üniversitede taşıdığı resminden tamamen farklı bir şey göstermemişti, belki görünüşü dışında. Ama Purab Chaddha ne olursa olsun hiçbir kadına bok gibi davranmazdı. Yine de, farkında olmadan, bu mücadeleden zaferle çıkmak için gösterdiği çalkantılı çabalarda, başkalarının ona yaptıklarının tamamen haklı olduğunu kanıtlamıştı.

Belki de öyleydi ama daha önce aldığı kararı harfiyen uygulamak niyetindeydi. Ama onunla kalması için ona söylediği tüm bu yalanların böylesine şaşırtıcı sonuçları, kendisini ikiyüzlü gibi hissetmesine neden oluyordu. Üniversitede onu gördüklerinde kıs kıs gülen ve alay eden o sıradan çocuklardan daha iyi değildi. Aslında çok daha kötüydü. En azından bu randevu işinde ona karşı biraz dürüst olabilirdi.....

"Evet Pam," dedi yavaşça ve düşünerek, "beni incittin," dedi ve kızın yüzünün nasıl daha da çöktüğünü izledi, "beni daha önce hiç kimsenin incitmediği kadar incittin. Bu yüzden bu akşam benimle yemeğe geliyorsun. Benim ikramım...." diye aniden bitirdi.

Kadın şaşkın şaşkın ona baktı. Dudakları titriyordu; cevap vermek için ağzını açtı. "Şimdi eve gidip hazırlansan iyi olur. Saat sekiz gibi seni almaya geleceğim," dedi kaba bir şekilde. Sonra döndü ve neredeyse erimiş dondurmaya tutunarak yürümeye başladı.

Kız onun hemen arkasındaydı. "Purab..." dedi, hâlâ şoktaydı, "Purab... nasıl... Uh... neden..." Söyleyecek söz bulamıyordu. "Beni gerçekten incittin Pamela," dedi ona bakma zahmetine katlanmadan, "Kendime olan saygımı zedeledin. Bana hakaret ettin. Beni sana küstahça davranan tüm o aptal insanlarla karşılaştırarak. Neredeyse bütün günümü seninle geçirdim ve sen hâlâ benimle onlar arasında hiçbir fark olmadığını mı düşünüyorsun?" Öfkeyle patladı.

"Hayır... hayır..." Kadın dehşete kapılmıştı.

"Neden inkar ediyorsun? O gün sana yaklaştığımda beni uzaklaştırmak için her türlü hileye başvurmuştun ve insanlara karşı yavaş yavaş edindiğin önyargının ne tür bir önyargı olduğunu çok acımasız bir şekilde göstermiştin. Bu inançlarını yıkmak, seninle gerçekten arkadaş olmak isteyen ve bunu sadece acıdıkları için istemeyen insanlar olduğunu fark etmeni sağlamak için bu buluşmayı isteyerek teklif etmiştim. Ama faydası olmadı. Bu fikir kafana iyice yerleşmiş. Dünyadaki hiçbir şey onu değiştiremez......"

"Kim söyledi bunu?" Kız hoşnutsuzca sordu.

"Senden başka kim söyleyebilir ki?" diye tersledi, "Bu yüzden mi senin için yaptığım her şeyin büyük bir iyilik olduğunu düşünüyorsun?"

"Ama sen.... I..."

"İşte yine başladın. Neden bir iyilik olsun ki? Arkadaşlar iyilik yapmaz. Onlar sadece orada olmak için vardır. Arkadaşlar birbirlerine tahammül etmezler. Hatalarıyla birbirlerine yapışırlar. Bunu yaptığıma inanmıyorsun, değil mi? Yoksa beni nasıl böyle suçlayabilirdin, sırf seninle olmaktan hoşlandığımı düşünmen için yalanlar uydurduğumu söyleyebilirdin? Bunu yapacağımı mı düşünüyorsun? Başkaları seni arkadaş olarak kabul etmiyor diye ben de mi etmeyeceğim?"

"Bunu kastettiğimi sana düşündüren nedir?"

"Evet, ben senin kadar zeki değilim," dedi alaycı bir tavırla, "senin gibi her zaman tatsız bir şekilde doğru olan fikirlerde bulunamam. Ayrıca bugünün bir felaket olduğunu sana kim söyledi? Seninle birlikte olmaktan hoşlanmadığımı mı? Sıkıldığıma ya da sinirlendiğime dair en ufak bir işaret verdim mi? Ama sen çok rahat bir şekilde kendi sonuçlarına vardın," diye gürledi, "ve tüm suçu bana yükledin. Bu da bana günü tam bir karmaşa içinde geçiren kişinin sen olduğunu gösteriyor. Sıkılan sensin. Ve bu beni incitmemeli mi?"

"Purab...."

"Benim için hiçbir önemin olmadığını söylemiştin. Alışveriş merkezine geri dönüp sana bir yumuşaklık almak için bu kadar zamanımı ve enerjimi boşa harcadığım için aptal olduğumu mu düşünüyorsun? Sana karşı bu kadar kaba davrandığım için gerçekten üzgündüm. Ama kabul etmedin, değil mi? Ne de olsa hayatında hiçbir önemi olmayan benim. Yaptığım tek bir hata, benim de diğerleri gibi sırf onlara göstermek için seninle takıldığımı anlamanı sağladı, öyle mi?" Bu çok doğru, diye düşündü rahatsız bir şekilde, durdu.

"Purab, öyle değil," dedi kararlılıkla, "ben öyle bir şey yapmadım. Sadece özrünün tamamen yersiz olduğunu söylemek istemiştim. Neden durup dururken küçük bir meseleyi büyütüyorsun? Neden bu konu üzerinde bu kadar çok durmak zorundayız ve buna bir son vermiyoruz?"

"Buna cevap versen iyi olur," diye karşılık verdi, "olayların bu kadar büyütülmesini asla istemedim. Ve sen sadece gülümseyip bu yumuşaklığı kabul etseydin asla olmazdı," eliyle onu işaret etti, "ama hayır, tüm iyi niyetli niyetlerime her türlü iftirayı atmak zorundasın. Hiçbir şey işe yaramadı. Ben hâlâ gerçek sana yaklaşamamış sayısız erkekten biri sayılırım." Başını salladı, "Bu yemek son şans. Hem benim hem de senin için. Her şeyin bir sınırı vardır. Eğer hâlâ ikna olmadıysan," diye omuz silkti, "daha fazlasını yapamam...."

"Ama... Ama..." dedi titrek bir sesle, "Sen çok şey yaptın. Aslında herkesten daha fazlasını..." Gözlerinde yaşlar belirmeye başlamıştı ve Purab biraz korkmaya başlamıştı. Bu görüşme onu neşelendirmek yerine kalbinde kalıcı bir yara mı bırakacaktı?

"Ve fena halde yetersiz kaldı," dedi sertçe, "Senden istediğim önemi bana vermeyi hâlâ kendine yediremiyorsun. Bu yumuşağı reddettiğin gibi beni, arkadaşlığımızı da reddettin. Aşk ve dostluk arasında büyük bir fark vardır. Arkadaşlık asla tek taraflı olamaz" dedi ve ses tonunu yumuşattı, "Ya öyledir ya da değildir...."

"Burada kimseyi suçlamıyorum," diye devam etti, "Herkesin karşısına çıkan şeyleri kabul etme ya da reddetme hakkı vardır. Ama bizim durumumuzda öyle olmadığı açık. Henüz değil..."

Neyse ki gözyaşları akmadı. Kurumuşlardı ve yoğun bir kızgınlık onların yerini almıştı. Purab içten içe çok memnun olmuştu. Bir şekilde, bir şekilde, onun kalbine dokunma gücünü korumuştu.

"Sırf dondurmanı almayı reddettim diye duygularım için nasıl türlü türlü açıklamalar yapabiliyorsun?" Bıkkın bir ifadeyle konuştu.

"Başka türlü düşünmemi mi bekliyorsun?" diye sordu, "Beni affetmen için yalvarıp yakardığımda bile bana hayır dedin. Bunu çok açık ve net bir şekilde söyledin. Bunun belki başka bir dilde başka bir anlama geldiğini nereden bilebilirim? Ayrıca neden bilmeyeyim ki? Benimle, seninle ilgili hissettiklerimle, bugünle ilgili hissettiklerimle ilgili her türlü varsayımda bulundun, değil mi? Bunu yapmak sadece senin hakkın mı?"

Kadın hafifçe geri çekildi ve suçluluk duygusuyla ona baktı. Biraz bekle Purab Chaddha; ne de olsa o bir kızdı.

"Benim hakkımdaki tüm önyargılı fikirlerinin bana karşı sözlerini ve davranışlarını renklendirmesine izin verdin ve benim de aynısını yapmam çok adil olur," diye devam etti, "Ama bir şansımı denemeye karar verdim. Neyi kastetmediğimizi çözmeye çalışarak beynimizi yormaktansa, açık ve net bir şekilde duyalım. Son yarım saattir bana bunun düşündüğüm şey olmadığını söylemeye çalışıyorsun. Ne o zaman Pam? Benim hakkımda ne hissediyorsun? Açıkça söyle. Beni hayatına giren sıradan insanlardan daha özel biri olarak görebileceğini mi düşünüyorsun? Yoksa hiç fark yok mu? Beni arkadaşın olarak görüyor musun Pamela? Söyle bana," diye yalvardı, "en azından gerçeği söyle. Benim için ne hissediyorsun?" Nazikçe sordu.

Kadın biraz daha irkildi ve dudakları tereddütle titreyerek şaşkın şaşkın baktı. Ağzını açtı, sonra biraz korkuyla geri kapattı. Belirsizlikten daha büyük bir güç onu konuşmaktan alıkoyuyor gibiydi.

Purab omuz silkti, biraz hayal kırıklığına uğramıştı ama bunu belli etmedi, "Kendi sonuçlarımı çıkarmakta özgürüm." Mırıldandı ve sonra tekrar döndü ve tuhaf bir şekilde tükenmiş hissederek alışveriş merkezinden uzaklaşarak yolda yürümeye başladı.

Kısa bir süre sonra utançla karışık yumuşak bir ses duydu. "Purab..."

"Evet?" Durdu ve yarım döndü.

"Seni yanlış değerlendirdiğim için özür dilerim; benim açımdan hataydı..."

Ona doğru döndü ve güven verici bir şekilde gülümsedi.

"Sorun yok Pam, anlıyorum..."

"Ama yine de istesen de istemesen de af dilemek için bir nedenin olmadığını düşünüyorum," dedi kararlı bir şekilde, "Senin hakkında hissettiklerimin bununla hiçbir ilgisi yok. Yine de, eğer bu yumuşaklığı yemek dostluğumuzu kanıtlayacaksa," elini uzattı, "kabul edeceğim."

Hedef Isırıyor

Purab ona baktı, tamamen tükenmişti ama bir şekilde gülümsemesini korumayı başarıyordu. Tüm çabaları boşa gitmişti. O tehditkâr yakışıklının düşüncelerini zihninden atmak için yumuşaklık almıştı ama onu diğerlerinden farklı bulduğunu anladıktan sonra bile hâlâ aynı seviyede değildi. Yumuşaklığı aldıktan sonra her şeyin biteceğini düşünmüştü. Ama hâlâ o kurdun onu avlamasına izin vererek yanlış bir şey yapmadığını düşünüyordu.

Şimdi ne anlamı vardı ki? Fırsat uzun zaman önce kaçıp gitmişti, kederli bir şekilde külaha baktı, üzerinde küçük bir parça krema kalmıştı, geri kalan her şey damlamış ve elini lekelemişti. Sonunda külahı almayı kabul etmişti, ama bu onun arkadaşlığının verdiği zevkten değil, ilgilenmediği bir şeyi kanıtlamak için yaptığı küçümseyici bir jestti.

O lanet şeyi hemen fırlatıp atmalıydı. Ve şimdi vermek zorunda kalacaktı, hiçbir amaca hizmet etmese de bunu kendisi istemişti. Tabii ki, her şeyi havaya uçurmuştu ama kadının gerçekten çelik gibi sinirleri vardı. Gorile duyduğu çekim için hazırladığı kafesten tek bir çubuk bile kıpırdamamıştı, oysa goril neredeyse ve bariz bir şekilde sinirlendiğini belli etmişti.

Peki, şimdi ne yapacaktı? Bu sefer yenilgiyi kabullenmekten ve belki tekrar denemekten başka bir şey yapamazdı. Ama artık şansı eskisinden daha az görünüyordu. Hasarlar çok ağırdı....

"Purab?" Kadın merakla ona baktı. Kendine geldiğinde onun kendisine umutla gülümsediğini gördü. İçten içe ürperdi ama usulca dondurma kalıntısını onun uzattığı ele doğru kaldırmaya başladı.

Rahatlama gülümsemesini daha da aydınlattı ve gözleri takdirle parladı. Purab kendi dudaklarının da yukarı kalktığını fark etti, neşesi aniden yerine geldi. Purab Chaddha pes edecek biri değildi. Numara başarısız olmuş olabilirdi ama beyni başarısız olmamıştı. Ve ne onun ne de o tüylü serserinin bilmediğinden son derece emin olduğu bir şey vardı. Şövalyeliğe şövalyelikle cevap verilmez.

Külahı kızın elinin üzerine kaldırdı, onu şaşırtarak ağzına doğru götürdü. Kadın biraz tedirgin bir şekilde izledi ama adam külahı dudaklarına yaklaştırırken hiçbir şey yapmadı. Sonra hızlı bir hamleyle külahı kızın yüzüne doğru fırlatarak burnunu ve ağzını ela kahverengi bir renge boyadı.

Kız tam bir şok içinde ona bakarken sırıttı, az önce olanlara inanamıyordu, birkaç damla dondurma burnundan üst dudağına doğru sarkıyordu, elleri yukarı kalkmıştı ama yapışkanlığı silmek için yüzüne uzanmamıştı. Tamamen hazırlıksız yakalanan, üstelik onun gibi bir zihniyete sahip olan Purab, bir anda onun bunu bir kez bile kaldıramayacak kadar yavaş olduğunu fark etti. Peki, kim engelliyor, diye düşündü muzipçe ve kız onu durduramadan dondurmayı aniden burnuna tekrar sapladı. Sonra kalan külahı yere bıraktı ve kahkahalar atarak son sürat uzaklaştı.

Kadın bu kez de ipucunu kaçırmadı: "Purab Chaddha!" diye bağırdı, hem öfkeli hem de sevinçliydi, "Sen öldün!" Ve onun arkasından hızla yola koyuldu.

Purab tekrar güldü, az önce yaşadığı ani beyin dalgası için Tanrı'ya şükrederek şu anda ıssız olan şerit boyunca koştu. Önüne bir araba çıktı ve keskin bir dönüş yaparak, iki tarafı da konut kuleleriyle çevrili, ıssız bir başka şeride girdi.

"Bekle, bekle seni kerata!" diye seslenerek onun gibi yön değiştirdi ama hâlâ birkaç metre gerisindeydi. Purab sırıttı. Önce onu yakalaması gerekecekti. Yakalasa bile artık bir önemi yoktu, bu düşünce kalbinde yeni bir sevinç dalgası yarattı. Ama yakalayamazdı, hayatı pahasına yakalayamazdı, diye karar verdi Purab, atletik yapısının avantajını sonuna kadar kullanarak yolun boşluğuna şükrederek kararlı adımlarla ilerlerken.

"Seni öldüreceğim, Purab Chaddha!" Çığlık attı, sesinde zevkten eser yoktu. Adam arkasını döndüğünde, hala koşmakta olan kadının epeyce geride olduğunu gördü; kadının yüzü, tüm bunlardan ne kadar zevk aldığını göstermek için hiçbir duyguyu karıştırmıyordu. "Yakalayabilirsen yakala beni!" diye güldü. Bakışlarını hâlâ kızın ter ve eğlence düşkünlüğüyle parlayan yüzünde sabit tutuyordu. "Sen sadece bekle!" Kız kıkırdayarak karşılık verdi.

"Hayır, Hayır," diye cevap verdi, kendisi de heyecanlı küçük bir çocuk gibi oyunun tadını çıkarıyordu ve hızla ilerledi. Kızın kendisine yetişip yetişmediğini görmek için tekrar döndü ama kızın bu tür çabalara alışık olmadığı belliydi. Kızın gözlerinde parlayan sevinç damarlarında rahatlama hissi uyandırdı; kızın gülümsemesi, o güne kadar gördüğü en geniş gülümsemeydi ve onu son derece memnun etti. Bütün gününü onu harekete geçiren o tek şeyi bulmaya çalışarak geçirmişti ve düşününce, bu çok gülünç derecede basitti.

Bu düşüncelerle ve kızın ifadelerinin yorumlarıyla o kadar meşguldü ki, birine çarpana kadar önüne bakması gerektiğini fark etmedi. Purab aniden döndü ve sınıf arkadaşlarından biriyle göz göze gelince dondu kaldı. Daha da kötüsü, etrafını saran diğer çocukların, Pazar gezintisine çıkmış çetenin farkına vardı. Dehşete düşmüş bir halde bakışları bir uçtan diğerine savrulurken, sabah nerede olduğu konusunda rahatça yalan söylediği yakın arkadaşlarını yavaşça tanıdı. Onlar da en az kendisi kadar sersemlemiş bir halde ona bakıyorlardı.

Purab birdenbire dilini geri getirip herhangi bir açıklama yapma gücünü kendinde bulamadı. Depresyonda olduğu her halinden belli olan 'sevgilisini' neşelendirmek için harcadığı tüm çabalar, tüm gün boyunca özenle kaçındığı bir duruma düşmemek için özenle aldığı önlemleri tamamen terk etmişti. Arkadaşlarının da alışveriş merkezini ziyaret edecekleri ihtimalini tamamen unutmuştu, hatta iki arkadaşının en son çıkan aksiyon filmini izlemek için acele ettiklerine şahit olmuştu. Gerçeği o kadar emin bir şekilde yalan söylemişti ki gerçeğin ortaya çıkma ihtimali aklından tamamen çıkmıştı.

Shubh ve Bhanu hâlâ ona Mars'tan yeni inmiş gibi bakıyorlardı. Yanı başında seçebildiği Gagan'ın gözleri de aynı inançsızlığı ortaya koyuyordu. Dönüp diğerlerinin yüzüne bakmaya cesaret edemedi. Bir cevap vermeye de cesaret edemedi çünkü "Purab Chaddha!" çığlıklarının ve Pamela'nın az ötede beliren gölgemsi figürünün onlara tüm hikâyeyi anlatmış olduğu belliydi ama yine de en azından şimdilik şüphecilikten uzak değildi.

Her şey kaybolmuştu, Purab'ın gözleri artık arkadaşlarının şaşkın yüzlerini değil, tam bir kıyamet işareti olan puslu bir karanlığı görüyordu. Yakında tüm üniversite öğrenecekti. O, büyük Purab Chaddha, her kızın kalbini ayaklarının altına seren adam, aslında çıkmak için değersiz bir kitap kurdunu seçmişti. Üniversitedeki en itici kıza kendisiyle çıkmasını teklif etmeden önce iki kez düşünmemişti. Her zamanki randevularında yaptığı her şeyi (tabii ki yapmamıştı) onunla da yapmıştı. Üniversitedeki kızları onun gibi biriyle kıyaslama cüretini göstermiş, standartları tüm zamanların en düşük seviyesine inmişti.

Kalplerin kralı olarak tanınmak üç buçuk yıl sürmüştü. Yıkılması bir dakika bile sürmedi. Ne yapmıştı! Neden birdenbire böyle bir karar almıştı? Neden onu memnun etmek için yola çıkmıştı, bunda büyütülecek ne vardı?

En büyük Kazanova iken birdenbire yeryüzündeki en büyük aptal haline gelmişti.

Arkadaşlarına kuşkuyla baktı; tüm bunların bir rüya olmasını diliyordu. Şimdi ne yapacaktı? Kaybettiği itibarını nasıl geri kazanacaktı?

Pamela artık küçük kalabalığa ulaşmıştı, kaçarken kazandığı ivme onun durmasını engellemişti ama sorunun ne olduğuna dair bir ipucu almasını engellememişti. Purab'ın beklenmedik yardımına koşan o oldu; insanların arasından sıyrılarak Purab'a yaklaştı ve elini tuttu. "Kaç!" diye fısıldayarak Purab'ın kendine gelmesini sağladı. Elbette her şey beyinlerinde kalıcı olarak yer etmeden önce oradan uzaklaşması gerekiyordu. Bir anda ayağa kalktı ve Pamela'yla birlikte topuklarının ucuna basarak grubun şaşkın bakışlarını onların geri çekilen profillerine çevirdi.

Her ikisi de el ele caddenin aşağısına doğru koşarken ara sıra arkalarına dönüp takip eden olup olmadığını kontrol ediyorlardı. Elbette kimse takip etmemişti ama çift kovalamacayı bıraktığında bir buçuk kilometre gitmişlerdi, nefes nefese kalmışlardı ve kalpleri göğüslerinde çılgınca çarpıyordu.

Purab bir duvara yaslanmış, nefesini tutmaya çalışıyor ve kendini son derece depresif hissediyordu. Bahse girip o kaltağı haksız çıkarma fikri ne kadar da güzeldi. Purab Chaddha'nın gücü hakkında ne biliyordu ki? Tüm o ihtişam, tüm o görkem, küçük bir hata yüzünden elinden uçup gitmişti. Bu kızla çıkmayı hiç istememişti, neden kabul etmişti ki?

Kabul, kız onun düşündüğünden çok daha farklı çıkıyordu ama güpegündüz onunla takılırken görülmek gerçekten de güzeller arasındaki hayranlık uyandıran popülaritesinin ölüm çanı olacaktı. Onunla birlikte olmak için yanıp tutuşan, görünüşü karşısında beklentiyle iç geçiren, onu başkalarıyla görünce kıskançlıktan için için yanan onca kız. Onlara ne olacaktı? O ne yapacaktı? Artık hiçbir kız onunla çıkmayı kabul etmeyecekti. İnsanlar yüzüne gülecek ve yuhalayacak, tüm arkadaşları ve takipçileri onu terk edecekti. Düşünsenize, artık üniversitede yüzünü bile gösteremeyecekti. Tüm bunlar, en çılgın rüyalarında bile yanına yaklaşamayacağı bir kızla birlikte olduğu içindi.

Pamela da nefes nefese kalmıştı, biraz uzakta duruyor ve ondan uzağa bakıyordu. Yüzü sıcaktan ve alışık olmadığı efordan kızarmıştı. Morali bozuk bir şekilde ona baktı ve elini kaldırıp üst dudağına yapışan dondurma parçalarını silmeden önce derin bir nefes aldı. Adam ona bakmadı, düşüncelerinde kaybolmuştu.

"Kahretsin!" Bir süre sonra tısladı. "Neden ortaya çıkmak zorundaydılar ki?" dedi hayal kırıklığıyla, sanki onun duygularını yankılıyormuş gibi, "Şimdi ne düşünüyor olabilirler ki?" durakladı.

Ona şüpheyle baktı, "Şimdi ne yapacaksın Purab? Bu senin itibarın için ciddi bir darbe."

Adam döndü ve şaşkınlıkla ona baktı. Kadın alaycı bir gülümsemeyle, "Benim için bu kadar çok şey yapmışken başını böyle bir belaya soktuğumu düşünmek. Çok özür dilerim Purab." Purab şaşkınlıkla ona bakarken o umursamazca arkasını dönüp devam etti, "Olanlar için yapılacak bir şey yok zaten. Ama bunu daha fazla uzatmayalım. Bence bugünlük bu kadar yeter. Bana harika zaman geçirttin Purab ve ben arkadaşlarımı sıkıntıya sokacak biri değilim. Yollarımızı ayıralım. Ben eve döneyim, sen de pansiyonuna git ve hiçbir şey olmamış gibi davran. Eğer biri sana bunu sorarsa, ona rüya gördüğünü söyle. Evet..." diye aceleyle bitirdi ve ona döndü, "Bu iyi bir fikir. Gel, gidelim."

Purab cevap vermeden ağzı açık bir şekilde ona bakmaya devam etti. Gerçekten de söylediği şeyi söylemiş olabilir miydi? Ona üniversitede kullanılan her türlü sıfatla hitap etmesi ayrı bir şeydi ama o bunu çok iyi biliyordu......

Her zaman biliyordu, değil mi? İnsanların aklından neler geçtiğini bildiğini iddia ettiğinde yalan söylemiyordu. İnsanların onun hakkında fazla düşünmediğini. Saygı görmeyi, anlaşılmayı, bilinmeyi hak ettiğini hiç düşünmemişlerdi. Geri kalanlar onun var olup olmadığını bilmiyordu. Bilenler de onun bir insan olduğunu düşünmüyordu.

Onunla arkadaş olmak istediğini söylemesine rağmen, tıpkı diğerleri gibi korktuğu gerçeğini görmezden gelmemişti. Bu arkadaşlığın bilinmesi halinde diğer arkadaşlarının hiçbirinin kalmayacağından korkuyordu. Sanki utanç verici, bulaşıcı, tedavisi olmayan bir hastalıktan muzdaripmiş gibi. En azından herkesin gözünde.

Sadece memnun etmek için yalan söylemek Purab için yeni bir şey değildi ve gerçek ortaya çıktığında da hiçbir zaman büyük bir mesele olmamıştı ama bu gerçeğin gölgesi o kadar çirkin, o kadar korkunçtu ki, o bile bir suçluluk dalgasının muazzam bir güçle üzerine geldiğini hissetti. Diğerlerinden ne farkı vardı ki? Onun için gerçekten ne yapmıştı? Neden, uzun zamandır kaçtığı gerçeği yüzüne bir tokat gibi çarpmıştı. Bunu yapmanın çok adil olduğunu tekrar tekrar hissettirerek yaralarına tuz basmıştı.

Sorunla doğrudan yüzleşmediği için ona korkak demişti. Aslında kız kaderine boyun eğmekten başka bir şey yapmamıştı. Çünkü şimdi nihayet gördüğü gibi, bu tuzaktan kaçmasının hiçbir yolu yoktu. Ona çözüm olarak vaaz ettiği şeyleri zaten biliyordu, ama bunları yerine getirmesinin hiçbir yolu yoktu. Çünkü bunlar ona göre değildi. Tıpkı diğerleri gibi o da kendini aşağılamış olacaktı. Tıpkı onun yaptığı gibi.

Bir insan nasıl bu kadar uzun süre böyle yaşayabilirdi? Dehşete düştüğünü düşündü. Sürekli aşağılanma, sürekli göz ardı edilme altında yaşamak. Yine de tüm bunlara sessiz bir cesaret ve asaletle katlanmıştı. Kendisiyle alay edenlere kin duymuyor, kendisine yapılan şakalar için öfkelenmiyor, hiçbir zaman kendisine ait olmayan o eğlence dolu üniversite günleri için pişmanlık duymuyordu.

Elbette tüm o etkinliklere, tüm o yerlere hiç gidememişti ve bunun nedeni hiç davet edilmemiş olması değildi, ama kimsenin onun orada olmasını istemediğini çok iyi biliyordu. Elbette kendini tanıtamazdı, kimsenin umurunda değildi. Elbette gölgelerde kalmak zorundaydı, hiçbir yerde ışık yoktu.

Onun suçu neydi? Diğerlerinden farklı olması ve öyle kalmayı seçmesi mi? Üzerindeki tüm baskılara rağmen, sadece dikkat çekmek için boyun eğmeyi ve kendini başka birine dönüştürmeyi reddetmiş olması mı? Herkes onun hareketlerini yanlış yorumladığında, onu hayatlarına almayı reddettiğinde, onu yaşayan bir şakaya dönüştürdüğünde protesto için tek bir kelime bile etmemiş olması. Tüm bu haksız muameleyi sessizce gülümseyerek kabul etmişti.

Hiçbir zaman olması gerektiği gibi olmamıştı. Ama olan buydu. Ve zamanla yavaş yavaş, kendisine söylenen her şeyi kabul etmişti. Başkalarıyla birlikte olmak için yaratılmadığını, arkadaş olarak adlandırılmak için bir utanç kaynağı olduğunun sadece gerçek olduğunu ve olanların hepsinin onun hatası olduğunu. Tüm bunları ona kendisi hissettirmişti.

Purab Chaddha, yazıklar olsun sana! İnsanların etrafına ördüğü karanlık onu haddinden fazla korkutmuşken, onun hayatına gün ışığı getirebileceğini düşündüren neydi?

Onun gibi bir saniye bile yaşamayı hayal edemiyordu, tek başına, sessizlik ve cansız kitaplardan başka yoldaşı olmadan. Onun bu kadar kayıtsızca söylediği şeyleri söyleyen kişi kendisi olsaydı ne kadar ezilmiş hissedeceğini düşünebiliyordu. Yine de bir kez bile dünyanın ona böyle davranmaya nasıl cüret ettiğini söylemiyordu, sadece bunun başka biriyle olmaması gerektiğini biliyordu.

İşte, diye düşündü, sessizce onu yolda takip ederken, en bariz kötülükleri bile iyi yönleriyle görebilen bir kız. İç karartıcı derecede kasvetli durumlarda bile gülümseyebilen, tatsız çirkin yönlerdeki güzelliği ortaya çıkarabilen bir kız. Ama kimse bunu göremedi. Tek gördükleri koyu renkli boynuz çerçeveli gözlükleri, uzun nota yığını ve etrafındaki sıkıcı sessizlikti. Ve ötesine bakmadıkları için onlarla tam bir fikir birliği içindeydi. Neden, diye merak etti, neden her şey böyleydi? Başkalarını bu kadar önemseyen bir kız neden kimsenin umurunda değildi?

Hedef İçeri Adım Atıyor

Purab bisikletine bindi ve bir saniye içinde çalıştırdı. Pamela'nın zaten önünde olduğu mesafeyi yolun diğer yönünde hızla kat etti. Keskin bir dönüş yaparak tam önünde durdu.

"Gel..." dedi kısaca.

Pamela şaşkınlıkla ona baktı, "Purab!" Kadın haykırdı.

"Ne?" "Geç oluyor. Gel..."

"Seninle gelmeyeceğim Purab," dedi basitçe.

"Ben de seni burada yalnız bırakmayacağım," dedi Purab, "Gel seni eve bırakayım..."

"Sorun değil, taksiye binerim," dedi hazırlıksız bir şekilde, sonra etrafına kaçamak bir bakış attı, "Lütfen Purab, git..."

"Benimle gel Pam," diye cevap verdi.

"Aptal olma Purab. Mümkün olduğunca çabuk git. Benimle ne kadar çok görülürsen, başın o kadar çok belaya girer..."

Purab'ın kalbi acı verici bir şekilde sıkıştı ama bakışlarını ve sesini onunla aynı hizaya getirmeyi başardı, "Kimsenin başı belaya girmiyor, Pamela..."

"Hayır," diye başını salladı, "Purab çok iyisin ama benim için kendine olan saygını tehlikeye atmana izin vermeyeceğim."

"Peki seni bu karanlık ve ıssız yolda yapayalnız bırakırsam bu özsaygıya ne olacak?" Adam ona ters ters baktı.

"Purab!" diye tekrar haykırdı kızgınlıkla, sonra sakinleşti, "Hava henüz o kadar kararmadı ve taksi durağı sadece birkaç adım ötede," dedi nazikçe, "Hemen eve döneceğim Purab, endişelenmene gerek yok. Şimdi gitsen iyi olur." Kadın ikna edici bir şekilde konuştu.

"Peki," diye yanıtladı Purab motoru durdurup inerken, "Seni taksiye kadar geçireyim..."

"Hayır!" diye neredeyse çığlık atıyordu, sonra yalvarırcasına ona baktı, "Lütfen anlamaya çalış Purab. Daha fazla sorun yaratmamalıyız."

"Ne tür sorunlar?" diye sordu.

"Çok iyi biliyorsun," dedi kızgınlıkla, "Tanrı aşkına; seni gördüler. Beni de gördüler. Şöyle düşünebilirler..."

"Bu benim sorunum Pam...." dedi sertçe ve hemen pişman oldu. Hâlâ kendisini bir felakete sürüklediğini ima ediyordu.

"Hayır," diye başını salladı, "olanlardan ben sorumluyum. Gerçekten çok üzgünüm Purab. En başta bu gezintiye çıkmayı kabul etmemeliydim." dedi kederle ve sonra aceleyle söze başladı, "Ama her şey bitmiş değil. Acele et Purab, çok geç olmadan git."

"Bana bak Pam," dedi Purab onun gözlerinin içine bakarak, "Eğer benimle dışarı çıkmaktan hoşlanmadıysan bunu açıkça söyleyebilirsin. Bahaneler uydurmana gerek yok."

"Demek istediğim bu değildi," şaşkınlıkla ona baktı, "Seninle olmaktan hoşlanmadığımı hiç söylemedim."

"O zaman neden beni rahatsız edici bir böcek gibi uzaklaştırıyorsun? Ben ne yaptım ki?" diye sordu.

"Az önce hiçbir şey olmamış gibi davranma Purab. Senin düşünebileceğinden çok daha kötü sonuçları var..."

Kızın sesindeki acı o kadar belirgindi ki Purab kollarını ona dolamak, onu rahatlatacak herhangi bir şey yapmak için dayanılmaz bir istek duydu...

"Hayatta yaptığımız her şeyin bir sonucu vardır, Pam," dedi yatıştırıcı bir sesle, "Eğer onlar hakkında endişelenmeye başlarsak, hiçbir şey yapamayız."

Bunun üzerine küçük bir tebessüm etti, "bu onların ortaya çıkmasını engellemez, değil mi?"

"Hiç umursamadım ve ben de bilmiyorum," dedi iddialı bir şekilde, "Şimdi zaman kaybetmeyi bırakıp gelelim." Park halindeki bisikleti işaret etti.

Kadın başını iki yana salladı, "Hayır Purab. Başıma çok fazla bela açtın ve eğer seni daha fazla belaya bulaştırırsam kendimi asla affedemem. Lütfen bunu benim için zorlaştırma," diyerek arkasını döndü.

Purab bu kez kendini durduramadı. Elleri kızın kollarındaydı ve onu nazikçe kendisine döndürdü.

"İşler sadece sen zorlaştırırsan zorlaşır." Kararlı bir şekilde, "Sorunlar sadece senin onları gördüğün gibidir. Eğer benim arkadaş olmaya değer olduğumu düşünmeni sağladıysa, hiçbir sorun üstesinden gelinemeyecek kadar büyük değildir."

Bir katır kadar inatçıydı, "Öylesin. Ama değilim. Bu sadece gerçeği daha da kanıtlıyor. Lütfen bu konuda daha fazla tartışmayalım. Bugün," diye içini çekti, "hayatımın en unutulmaz günlerinden biri oldu. Bunun ikimiz için de işleri kötüleştirmesini istemiyorum. O yüzden lütfen bu işi burada bitirelim."

Sonunda o an gelmişti, Purab'ın sinirlerinden bir heyecan fırtınası geçti. Purab Chaddha sonunda bahsi kazanmıştı. Herhangi bir kızla çıkabileceğini ve onun anılarında sonsuza dek yer edinebileceğini kanıtlamıştı. Ama bu kadar kolay kazanabileceğini düşündüyse fena halde yanılmıştı.

"Ben de tartışmak için burada değilim Pamela," dedi açıkça, "Ama niyetimin göründüğü kadar dürüst olduğuna dair biraz daha ikna edilmeye ihtiyacın var gibi görünüyor, Sorun yok," itiraz etmek için ağzını açtığında ellerini küçümseyerek kaldırdı, "İşler sadece sen yaparsan zorlaşır ama ben nasıl karşılık vereceğimi biliyorum. Gel, gidelim." Bisiklete doğru ilerledi, sonra ona döndü, "Ve sakın günün sona erdiğini düşünme. Umarım seni bu akşam yemeğe davet ettiğimi unutmamışsındır."

"Ne!" diye haykırdı, sanki gerçekten hatırlamıyormuş gibi, "Ne... Nerede?"

"Bu bir sürpriz," diye cevap verdi sakince, bisiklete tekrar binerek, "Hadi artık geç oluyor. Hazırlanmak için zamanın olmayacak, sonra beni suçlama."

Yerinden kıpırdamadı, "Olanlara rağmen hala benimle çıkmak istiyor musun?" diye sordu.

Bunu söyleme şeklinden nefret ediyordu. Çünkü o aptallar yanlış zamanda ortaya çıkmıştı.

"Elbette," dedi soğukkanlılıkla, "ben sözümü tutarım. Bir gün 24 saat demek ve seninle geçireceğimi söylediğim süre de tam olarak bu."

"Kimse seni bunu yapmaya zorlamıyor Purab," dedi yorgun bir sesle.

"Ve kimse beni bunu yapmamaya da zorlamıyor. Bak Pam, sana daha önce de söyledim, o salakların sana davranış biçimini suçtan başka bir şey olarak görmüyorum. Ve onların ne düşündüğü kesinlikle senin hakkında hissettiklerimi ya da sana nasıl davrandığımı değiştirmeyecek." Yalan söylemediğini biliyordu. Değişiklik olsun diye kendini suçlu hissetmemek harika bir duyguydu: "Gerçek, ona kasıtlı olarak gözlerini kapayan ve cilalanmış fikirleri için bir pazar olduğuna inanan aptal, kibirli, çok abartılmış ahmakların söylediklerinden bağımsız olarak gerçek olarak kalır. Onlarla aynı fikirde olarak ve gerçeği ortaya çıkarmaya başladıkları ölçüde onları takip ederek onlara iyilik yapmanın bir anlamı yok. Biz bu dünyaya onları memnun etmek için gelmedik ve neyin doğru neyin yanlış olduğunu bilecek kadar aklımız var. Onlara sizinle birlikte olup olmamam gerektiğini sormadım, bunun için en iyi yargıcın ben olduğumu çok iyi biliyorsunuz. Size geldim çünkü istedim ve şimdi ne yapmanız gerektiğine sizin karar vermenizi istiyorum. Bu hakkı senden başka kimse sana veremez...."

"Keşke bana bu gece gideceğimiz yeri söyleseydin," dedi, sesini etraftaki trafikten duyulacak şekilde yükselterek.

Gülümsedi, "Bu bir sürpriz..." gözlerini hâlâ yoldan ayırmadan.

"Bana küçük bir ipucu ver... Lütfen..." dedi ciddiyetle. Adam sırıttı ve keskin bir dönemeç bulup motosikleti dikkatle o dönemeçten geçirirken birkaç saniye konuşmadı. Olamaz! Yaramazca düşündü.

"O zaman sürpriz olarak kalmayacak," dedi. Omuzlarını sıktı, "Hayır, kalacak. Tahmin etme konusunda çok kötüyüm. Sadece bana bir fikir ver."

"Neden bilmek istiyorsun?" diye sordu.

"Şey..." diye tereddüt etti, "Ne giyeceğimi bilmiyorum. Gideceğimiz yerin nasıl bir yer olduğunu bilmeden yanlış bir kombinasyon seçerim."

Purab gülümsedi. Tipik bir kız çocuğu endişesi.

"Merak etme, iyi olacaksın..." dedi güven verici bir şekilde.

Dilini şaklattı, "Garip bir şey giyebilirim, tamamen yersiz. O zaman üstümü değiştirmem gerekir. Bu da çok zaman kaybettirir."

"Uh...huh," dedi adam, "Öyle bir şey olmayacak."

"Ama..."

"Doğru şeyi seçeceksin," dedi kararlı bir şekilde, sanki bir tahminde bulunuyormuş gibi, "Aslında mükemmel şeyi."

Arkasında yumuşak bir kıkırdama duydu, "Nasıl bu kadar emin olabiliyorsun? Beni tanımıyorsun bile..."

Kalbi bir an için durdu. "Biliyorum." dedi ve yaklaşan bir hız frenine doğru motoru yavaşlattı. Motor frenin üzerinden atladı ve "Nasıl?" derken neredeyse üzerine düşüyordu. Purab gözlerini önden ayırmadı. Gerçekten de onun sadece bir parçasını gördüğü, hayatının sadece bir dilimiyle tanıştığı, sadece yüzeyde yatanları hissettiği doğruydu ama yine de inanılmaz bir şekilde haklı olduğunu biliyordu. Sadece biliyordu.

"Biliyorum..." dedi tekrar ve yolu biraz boş bulunca bisikleti hızlandırdı.

Tuzak Düşüyor

Purab, Pamela'nın evinin dış kapısının zilini çalarken biraz gergin hissediyordu. Tıpkı diğer kız arkadaşlarının verandalarında beklediği pek çok durumda olduğu gibi. Onunla neredeyse bir gün geçirmiş olabilirdi ama şu an resmi olarak bir randevuda olduğu andı ve daha önceki tüm anlar gibi, bir sınavın başlangıcında sarsılan güven kendi hamlesini yapıyordu.

Garipti, çünkü daha önce yurt binasına kadar at sürdüğü ve aceleyle içeri girdiği zamanların aksine bunu büyük bir olay olarak görmemişti. Haber kuşkusuz yayılmıştı ve yüzlerce dik dik bakan gözün ortasında odasına doğru adım atmıştı. Kapının kilidini açıp özenle kıyafetini seçmeye koyulduğunda komşu odalardan kıs kıs gülüşmeler duyuluyordu. Beyaz gömleği, simsiyah pantolonu ve benzer renkte bir yemek ceketini dikkatle seçerken elleri bir kez bile titremedi. Bir an bile durup düşünmemişti, çünkü hızlıca etrafta ona uygun ayakkabılar aradı ve tam ama biraz tozlu bir çift bulup hemen fırçalayarak temizledi.

Seçtiği kıyafetleri ve modaya uygun bir saati giymiş, artık dağınık olan saçlarını düzgünce taramış, günün gezintilerinin etkilerini gizlemek için koltuk altlarına parfüm sıkmış, her köşeden kendisine bakan sayısız gözün, hareketinin imaları karşısında fazla mesai yapan beyinlerin, durmaksızın sallanan dillerin, B.T.'ye birkaç gün boyunca musallat olacak her türlü saçma sapan söylentinin yoğun bilinciyle yola koyulmuştu.

Ama park halindeki motosikletine doğru attığı adımlarda en ufak bir kayma bile olmamıştı. Doğru şeyi yaptığından emin olmak yeni kararlılığına daha fazla güç katmıştı. Ayrıca, her zaman bildiği gibi, bazı şeyler yalnızca sizin meselenizse önemli olmalıydı.

Kadının bu çabasını nasıl değerlendireceği artık kesinlikle onun meselesiydi. Belki de günün geri kalanını onunla geçirmiş olması, onunla yeniden yola çıkma ihtimalinin onu fazla bunaltmasına izin vermemişti ama üstlendiği bu yeni role bürünmek o kadar da kolay değildi. Daha önce de duymuştu ama ilk kez bir sevgili olmanın bir arkadaş olmaktan ne kadar zor olduğunu fark ediyordu. Elbette bu sanat onun için yeni değildi ama baskılar, belirsizlikler, olasılıklar her zamanki gibi çok ağırdı.

Kapı yavaşça açıldı ve evin ön ışığının aniden yanıp sönmesi onu bir an için kör etti. Pamela yavaşça dışarı çıktı, olabildiğince gergin görünüyordu. Purab'ın gözleri ona biraz araştırarak baktı ve sonra ısındı, zaten pek de olağan olmayan sürprizlere alışkındı.

Ayak bileğine kadar uzanan, etekleri yırtmaçlı, kolları kabarık, derin boyunlu ve kenarları fırfırlı, parlak dolunay ışığında yer yer parıldayan siyah bir elbise giymişti. Vücuduna bir eldiven gibi oturan elbise, kıvrımlı vücudunun şeklini ve bunun aksine belirgin bir şekilde parlayan teninin beyazlığını çok belirgin bir şekilde ön plana çıkarıyordu. Boynunu saran ışıltılı sade bir elmas kolye, ona uygun küçük çiy damlası küpeler ve bir elinde bilezik vardı.

Saçları açıktı ve omuzlarından beline doğru çağlayan bir şelale gibi dalgalanıyordu. O anda yüzünü şımartmıştı ve yanakları boynundaki elmaslara benzer bir ışıkla parlıyordu, dudakları şeytani bir şekilde kırmızıydı, kalın kirpikleri gizemli siyah gözlerinin etrafında kıvrılmıştı. Yumuşak bir yasemin kokusu ondan yayılıyor ve etrafı ıslatıyordu. Purab'a göre, bir elinde kendisine yakın tuttuğu küçük siyah çantası ve kollarını saran siyah şalı olmasa, öteki dünyadan yeryüzüne inmiş bir periyi andırıyordu ve bu da ona hiç kuşkusuz cilalı bir insanın sofistike ve sessiz zarafetini veriyordu.

Ama bunu ağzından kaçırmasa iyi olurdu. Onun da koruması gereken bir imajı vardı. Çalışılmış bir sakinlikle, "Muhteşem görünüyorsun," dedi ve bakışlarını kızaran ve memnun olan yüzünden ayırarak yarı yoldan döndü, "Ve eğer sadece gösteriş için taşımıyorsan bunu unutmalısın." Geri döndü ve çantasına baktı, "Ben ödeyeceğim."

Kadın hiçbir şey söylemedi, sadece gülümsemeye devam etti. Süt beyazı yüzüne vuran ay ışığının yaydığı sevimliliğin tadını çıkardı. Bu iş kesinlikle düşündüğü kadar kötü gitmiyordu.

"Gel, gidelim," diyerek onun geçmesine izin vermek için aşağı indi. Kadın bir adım attı, sonra döndü ve kapıyı arkasından kapattı.

"Umarım çok uzak değildir," diye mırıldandı utangaç bir sesle yola doğru yürürlerken, "Gördüğün gibi, bisikletinin üzerinde durmak benim için biraz zor olacak."

"Hiç de değil," diye başını salladı, "Buradan yürüme mesafesinde. Aslında..." duraksadı, "Motosikletime gerek yok diye düşünüyordum. Yürüyerek gitsek senin için zahmetli olur mu?"

Biraz şaşırmış göründü ama hemen toparlandı: "Tabii, hava yürüyüş için çok güzel."

Onunla aynı fikirde olsa da, Purab onu yolun aşağısına götürürken aldığı riskin farkındaydı. Yollar dolunay tarafından iyice aydınlatılmıştı ama etrafta tek bir kişi bile yoktu. Her zaman dörtnala koşmaya alışkın olan Purab, kıza ayak uydurmak için hızını azalttı ve hatta yürürken onun biraz gerisinde kalmaya çalıştı. Birkaç dakika sessiz kaldı ve zaman zaman kasıtlı olarak ikisi arasında tuttuğu yakınlık için ona biraz merakla baktı, ancak konunun sadece küçük bir dikkat dağıtıcı olarak kalmasına ve her ikisine de rahatlık için çok fazla ağırlık vermeye başlamamasına izin verdi.

"Purab..." diye başladı usulca, bir süre sonra.

"Evet?"

"Sen.... Sen..." kelimelerle boğuşuyordu.

"Sen... faturayı ödeme konusunda gerçekten ciddi misin? Sanmıyorum..."

"Evet, işte bu," diye kısa kesti, "Bunu düşünme."

"Hayır, yani bunun işe yarayacağını sanmıyorum. Bırak da payımı ödeyeyim."

"Böyle bir şey yapmayacaksın..." başını sertçe salladı.

"Neden? Lütfen Purab," dedi ciddiyetle, "Bırak ben ödeyeyim. Ben senin arkadaşınım, flörtün değil."

Kız yine adamın sinirlerini bozmaya başlamıştı. Bu kızlar neden basit şeyleri anlamıyorlardı? Neden bu kadar inatçı olmak zorundaydılar?

"Evet, ben de arkadaşıma bir ikramda bulunacağım. Artık tartışmak yok."

"Tartışmak istememiştim," dedi kız mahcup bir ifadeyle, "ama bunun adil olduğunu düşünmüyorum. Lütfen Purab, bırak ben ödeyeyim. Paranı böyle boşa harcarsan kendimi çok suçlu hissederim."

Aman Tanrım! Yine kızın omuzlarından tutup onu sallamak istiyordu. Bu kızla ne yapacaksın?

"Paramı boşa harcamıyorum Pam," dedi sertçe, "sadece telafi ediyorum."

Kızın gözleri kısıldı, "Telafi mi ediyorsun?"

Adam gülümsedi, "Seni dışarı çıkarmadığım onca gece için..."

Kan bir anda yanaklarına hücum etti ve gözleri tam bir inançsızlıkla ona baktı. Anlayabiliyordu. Kendisi bile bunu ona söyleyebileceğini düşünemezdi. Milyon yıl geçse bile. Hele ki yalan söylemeye hiç gerek yokken.

Başını hafifçe eğdi, utandığı her halinden belliydi. Bu ifade bir yandan hoşnutsuzluğunu artırmış, diğer yandan da tüm itirazlarını susturmuştu. Yolculuğun geri kalanı tek kelime etmeden, sadece gözlerini kaldırarak ve etrafına bakarak, gittikleri yeri çözmek için elinden gelenin en iyisini yapmaya çalışarak uysal bir şekilde onun yanında yürürken devam etti.

Sonunda dar bir patikayı çevreleyen bir ağaç korusunun yanından geçerken konuştu: "Vardık mı?" "Neredeyse," diye cevap verdi adam, hem ona hem de kendine sırıtarak. Bilerek başka bir patika seçmişti. Aksi takdirde, bu kesinlikle bir sürpriz olarak kalmayacaktı.

Uzaklardan bazı ışıkların göründüğü korunun sonuna ulaştılar. Kadın merakla ona baktı. Adam başını salladı.

Görünürdeki umursamazlığına rağmen Purab'ın tedirginliği şimdiye kadar dik bir yükseliş göstermişti. Az önce bir risk almıştı. Ama bunun nasıl sonuçlanacağını ona söyleyecek hiçbir şey yoktu.

Her ikisi de korudan çıkıp başka bir küçük yola girdiler, uzaktan bir bina seçilebiliyordu. Binaya doğru yürümek için yolu enlemesine geçtiklerinde Purab'ın kalp atışları hızlandı. Pamela meraklı bir bekleyişle önüne baktı, gözleri kısılmıştı, konağa benzeyen mimari yapı ona biraz tanıdık geliyordu. Bu manzara Purab'a biraz soluk aldırdı. Gerçekten de doğru iz üzerindeydi.

Pamela aniden öne fırladı ve şoktan tamamen uyuşmuş bir halde ondan uzaklaştı. Kapıların ötesine, binanın önündeki parlak mor, yanıp sönen, neon ampullü tabelaya bakarken dudaklarından yüksek sesli bir nefes çıktı. 'Nirvana'. Purab gülümseyerek onun yanında durdu. Gerçekten de, evine bu kadar yakın olmasına rağmen buraya hiç gelmemişti. En azından, istediği şekilde değil.

Ona döndü, minnetle gülümsüyordu, gözleri dolmuştu. Purab güven verici bir şekilde gülümsedi. "Gel, içeri girelim," dedi usulca. Kızın dudakları titriyordu. Elleri titriyordu ve olduğu yere yapışmış, tereddüt ediyordu. Ama Purab tereddüt etmedi. Bir kolunu kaldırdı ve kızın omzunu sıvazladı. "Gel," diye tekrarladı ve kızın kendisine dönüp boş, biraz da korkulu bir bakış atmasını sağladı. "Burası senden tamamen habersiz olmanın acısını çekti," dedi nazikçe, gülümsemesini tekrar göstererek, "Yüksek sesle 'Hey dünya, benim' diye bağırmanın zamanı geldi."

Tuzak Daha da Sıkılaşıyor

Zaman kesinlikle gelmişti. Genç kız merdivenlerden inip, daha önceki tereddütleri göz önüne alındığında şaşırtıcı bir şekilde tamamen sakin bir şekilde erkeğiyle birlikte yürürken, ışıltılı güzelliği ve çekici zarafeti, aniden üzerine atılan bir battaniye gibi tüm zemini büyüledi. Başlar kendiliğinden döndü, gözler şaşkınlıkla genişledi ve kıskançlıkla daraldı, ağızlar açık kaldı. Tanıdık ve tanımadık pek çok yüz sabitlenmiş, büyülenmiş, yeni bir şafağın beklenmedik habercisi karşısında büyülenmişti.

Purab'ın göğsü gururla kabarırken, kıza masaların arasında sessizce rehberlik ederken, her zamanki gibi en iyilerle kaçma şansları karşısında çaresiz kalan şaşkın oğlanların ve onu bir kez daha başka biriyle bulduklarında dehşete kapılan ve protesto etmek için bir neden öne süremeyen kızların görüntüsünü belirgin bir zevkle izledi. Garsonlar yürürken onu onaylayan bir gülümseme takındılar. Hatta o anda çalmayan bazı grup üyeleri bile masaların etrafındaki hareketlerini sürekli ve merakla takip ediyordu. Elbette Purab Chaddha ve onun seçimiyle boy ölçüşebilecek kimse yoktu.

Her ikisi de çok tanıdık iki figürün oturduğu başka bir masanın yanından geçerken Purab'ın gülümsemesi daha da genişledi. Pamela şaşkın ve heyecanlı halini fark etmemişti ama Ritesh Dogra dönüp onun göz alıcı halini görünce şaşkınlıkla kaşlarını kaldırdı. Purab onun arkasından yürüdü.

Döndü ve başını sallayarak kıdemlisini selamladı. Ritesh de gülümseyerek başını eğdi, yüzünde etkilendiğini gizlemeye çalışan bir ifade yoktu. Purab'ın kalbi küçük bir sıçrama yaptı, gerçekten çok saygı duyduğu birkaç kıdemliden birinden hayranlık dolu bir baş selamı aldığı için çok heyecanlanmıştı.

İkisi de dans pistine yakın bir masa seçip yerleştiler. Gerginliği geçen Pamela'nın heyecanı yavaş yavaş kendini göstermeye başlamıştı, yerinde duramadığı her halinden belliydi. Etrafına, oturan insanlara, devasa beyaz sütunların etrafındaki süslemelere, etrafta dolaşan garsonlara, siyah beyaz kareli dans pistine, dört kişilik bir orkestranın şu anda melankolik bir melodi çaldığı bir platforma çıkan mermer kırmızı halı kaplı merdivenlere bakmaya devam etti.

Purab ona gülümseyerek baktı. Onun çocuksu masumiyeti, bir süre önce parlak ay ışığında kendisine cömertçe parıldayan güzelliğini daha da büyütüyordu. O görülmesi gereken bir hayal............ el üstünde tutulması gereken bir düşünce............ sevilmesi gereken bir duyguydu.

Geri döndü ve adamın kendisine sabitlenmiş gözleriyle karşılaştı. Davranışlarından dolayı adamın gözle görülür eğlencesi karşısında hafifçe rengi attı ve sertçe geri çekildi. Yüksek sesle gülme arzusunu bastıran Purab, masanın üzerindeki menüye bakarak, "Ne alırsınız?" diye sordu.

Kadın omuz silkti, "Siz sipariş edin..."

Sırıttı, "Senin için sorun olur mu?"

"Kesinlikle."

"Bu senin istediğin şey olmayabilir," dedi önceki randevularında yaptığı hataları hatırlayarak.

Gülümsedi, "Ne istediğimi her zaman bilirsin..."

Purab, kalbinde kabaran zevkle bir kart aldı ve garsona işaret etti. Siparişi verirken hala bazı şüpheleri vardı, en sevdiklerini seçti ve sevgilisinin seçimleri, kilo sorunları ve bir kızın önünde vejetaryen olmayan bir yemek yemenin sözde 'hijyenik olmayan' uygulamasıyla ilgili endişelerini bir kenara bıraktı ve garson uzaklaşırken mahcup bir gülümseme verdi, "Bakalım nasıl gidecek," diye mırıldandı.

Kız ona gülümsemeye devam etti, tamamen rahatlamış görünüyordu, "Mükemmel olacak, tıpkı seninle her zaman olduğu gibi..."

Purab rahatlamış bir halde sessiz bir iç çekti ve bir süre orkestrayı ve yavaşça kalkıp dans pistine yürüyen çiftleri izleyerek ona katıldı.

"İyi çalıyorlar." Pamela yorum yaptı.

"Evet," diye cevap verdi, "Her gece bir kutlama."

"Neyi kutluyoruz?" Kadın sordu.

Adam ona döndü. Bu soruyu tekrar tekrar yanıtlamaktan yorulmuştu. Ama artık onun flörtüydü ve onu eğlendirmek onun işiydi.

"İlgili kişilere göre değişir," dedi soğukkanlılıkla, "eğer kutlamak için bir nedeniniz varsa."

"Benim mi? Tabii ki," diye kıkırdadı, "yakışıklı biriyle pahalı bir restoranda yemek yemek her gün nasip olmuyor."

Purab'ın yanakları kızardı. Aman Tanrım! Her randevusunun altında yatan gerçeği bu kadar açık bir şekilde söyleyeceğini hiç düşünmemişti. Purab Chaddha ile çıkmak bir kutlamaydı.

"Tüm masraflar ödenmiş olarak..." diye şaka yaptı, bariz utangaçlığını gizleyerek.

"O da var," diye güldü, "Umarım bu cebinde bir delik açmaz."

"Benim değil. Kocaman bir cep." O da cevap verdi.

"O zaman belki de ıstakoz sipariş etmeliydim." Kadın yüzünü ekşitti.

İkisi de güldü.

"O kadar da büyük bir cep değil." Adam konuştu. "Birinin kalbini yerleştirmeye yetecek kadar. Önemli olan da bu."

Tekrar güldü, "Para her şey değildir..."

"Değildir," diye kabul etti; "Sadece kalbi oraya sokmak zorunda olduğun şeylerden biri..." diye kıkırdadı.

Kendini tuhaf hissetti. Hiç kimse ona karşı bu kadar açık sözlü olmamıştı. Ve onun da böyle bir şey yapacağını hiç düşünmemişti.

"Peki, seni en çok etkileyen şey nedir?" diye sordu.

Güldü, "Gerçeği mi istiyorsun, yalanı mı?"

"Hangisi kulağa daha hoş geliyor?"

"O zaman kesinlikle para..." dedi kararlı bir şekilde.

Kendini incinmiş hissetti. Kadın gerçekten de fazla açık sözlüydü.

"Gerçek bu muydu?" diye sordu.

Kadın ona gülümsedi, gözleri muzipçe parlıyordu.

"Kendin karar ver." Omuz silkti ve bakışlarını tekrar dans pistine çevirdi.

Adam kararsızca ona baktı. Nereden bilebilirdi ki? Onu neredeyse hiç tanımıyordu........

Ona geri döndü. "Daha iyi gelmedi mi?" diye sordu.

"Şey..." diye tereddüt etti.

"Siz erkekler!" Sanki evde bir sürü besliyormuş gibi yüksek sesle yakındı, "Her şeyle sorunlarınız var. Istakozlardan yalanlara kadar..."

Kalbi durdu. Hangisi kulağa daha hoş geliyorsa. Önemli olanın sadece onun parası olduğu yalanını söyledi. Gerçekte....

Biraz su yudumladı. "Kulağa ne hoş gelir?" Daha sonra sordu.

"Sen ne dersen..." dedi adam.

Kadın kaşlarını kaldırdı. Adam gözünü bile kırpmadı. Omuz silkti ve etrafına bakınarak garsonu aradı.

"Çok zaman alıyorlar..." dedi.

"Senin aksine..." diye karşı çıktı.

"Bunun bir iltifat olması mı gerekiyordu?" diye biraz tereddüt etti.

Adam sırıttı, "Kendin karar ver."

Kadın başını salladı. "Hiçbir sorunum yok."

Adam güldü, "Bu kulağa daha iyi geliyor."

Kadın gülümsedi. Garson tam o sırada tabaklarla dolu bir tepsiyle geldi.

Kız kaşığı ağzına götürürken Purab zihninde yeniden bir endişe dalgasının yükseldiğini hissetti. Çok sayıda kızla birlikte olmuştu ama henüz kendi zevkine uygun birini bulamamıştı. Her türlü yorumu almıştı. Çok baharatlı, çok kalın, çok 'kalorili'. Ancak hepsi aynı şekilde cevap vermemişti. Bazıları sırf kibarlık olsun diye hiçbir şey söylememişti ama yüzlerindeki memnuniyetsizlik ifadesi dakikalarca silinmemişti. Diğerleri ise kendi seçimlerini yaparak onu bu zahmetten kurtarmışlardı.

Büyük bir rahatlama içinde, deneme herhangi bir telaş olmadan geçti. Sosun tadına baktı ve ardından herhangi bir yorum yapmadan ya da yüz hatlarında herhangi bir değişiklik olmadan tabağındaki geri kalanı bitirmeye devam etti ve yemekle ilgili zihninde neler geliştiği konusunda onu oldukça cahil bıraktı. En ufak bir fikir edinme umuduyla hayal kırıklığı içinde ona bakmaya devam etti. Ama kadın kayıtsızca yemeye devam etti ve

Purab muhtemelen alabileceği en iyi şeyin bu olduğuna karar verdi.

Kız kaşığı bir kez daha ağzına götürmüştü ve Purab bunun bir faydası olmayacağını bilmesine rağmen gözlerini kızın yüzünden ayırmamıştı. Dolu kaşığın üzerinde gezinen dudaklarına bakıyordu. Dudakları yemek salonunun gümüşi ışığında etli, tatlı, kırmızı çiçek açmış gibi görünüyordu. Kaşığı ağzından çıkardıkça kıvrımları daha da sivriliyor, ortaya çıkan ıslaklık davetkâr dolgunluklarına katkıda bulunuyordu. Purab'ın aklına amcasının bir zamanlar Shimla'dan getirdiği o sulu, dünya dışı elmalar geldi. Ummm........ onları öpmenin ya da onlar tarafından öpülmenin nasıl bir şey olacağını merak etti....

Kadın yemeyi bıraktı ve ona baktı. "Ne düşünüyorsun?" diye sordu.

Adam sıçradı. Onun aklından geçenleri fark etmiş miydi? Yüce Tanrım!

"Ah... aslında hiçbir şey..." dedi temkinli bir şekilde, "Sadece... ah... güzel bir gece... ve.......

uh... güzel bir yer ve güzel bir insan..."

Sıkılmış görünerek başını salladı ve yemeye devam etti, "Bunu gelecekteki randevularına sakla..."

Sinirle eline aldığı bardaktan su içmeyi bıraktı, "Gelecek randevular mı?"

"Evet," diye cevap verdi, "Şu an bunu gerektirmiyor. Sadece arkanıza yaslanın ve rahatlayın."

Adam ona baktı. "Gelecek ne istiyor?"

Kadın omuz silkti, "Bunu kim bilebilir ki? Kimse gördü mü?"

"Hepimiz görüyoruz. Tam da istediğimiz gibi," diye yanıtladı, "Sen geleceğini nasıl görüyorsun?"

Gözlerini tabaktan ayırmadan, "Görecek ne var ki? Aynı dersler, aynı notlar, aynı kantin masası, aynı çay." Başını kaldırdı, "Benim geleceğim seninki kadar öngörülemez değil..."

Hedef Mücadele Ediyor....
Ve Sonra Pes Ediyor

Kendini depresif hissetti. Bu güzel karşılaşmalarının böyle mi bitmesi gerekiyordu?

Öte yandan, gerçek bu değil miydi? Sanki bu basit açıklama onu hiç etkilememiş gibi hâlâ yemek yiyen kadına baktı. Sanki yaşadıkları bu rüya gibi gerçekliğin günle birlikte sona ereceğini biliyordu. Bunda yanlış bir şey yoktu, sadece onun inanmasını istediği şey hiç de bu değildi.

Şimdi ne yapacaktı? Ona ne söyleyebilirdi ki, gerçekte kendisini biraz daha iyi hissetsin? Ama bunun ne anlamı vardı ki? Gerçeği olduğu gibi söylemek her zaman daha iyi değil midir? Ayrıca onu, diğer tüm randevularının önünde sergilediği aynı yanılsamaya düşürerek ne elde edecekti? Dünyanın geri kalanının zaten ölçüsüzce incittiği birini incitmenin ne yararı olabilirdi ki?

Bu zayıf görünümlü basit kızın direncine hayret etti. Ona yaklaştığında iki dakika içinde onu dümdüz edeceğini düşünmüştü. Oysa şimdi bile, cebine bir kalp koymak için her şeye sahip olduğunu itiraf ettikten sonra bile, bir ıstakozun kızın dikkatini çekme gücü ondan daha fazlaydı. Artık hiçbir umudu kalmamış olan oydu. Tüm umutları tükenmişti. Onlar gelecek içindi.

Ama gelecek, görüldüğü gibi mi olmalıydı? Bugün her şey bu kadar alışılmışın dışındayken, neden her zamanki gibi bir şeye dönüşsündü? Çıktığı bir kızla buluşmayı bırakabilirdi ama bir arkadaşıyla vakit geçirmenin ne zararı vardı?

Arkadaş mı? Kim kimi kandırıyordu?

Hayatında hiç hissetmediği kadar sıkıntılı hissediyordu. Bu düşünceyi aklından uzaklaştırmak için acilen bir şeyler yapması gerekiyordu. Hem ondan hem de zihninden. Ama artık ona yalan söyleyemezdi. Bunun bir faydası yoktu.

Dikkatini dağıtmak tek seçenek gibi görünüyordu. "Geleceğinden bahsediyorum Pamela," dedi yavaşça, "yıllar sonra kendini ne yaparken görüyorsun?"

Pamela bir an için ona kuşkuyla baktı. Sonra doğruldu ve tekrar omuz silkti, "O da planlandı. Mezun olur olmaz klinik tarafına yoğunlaşacağım, böylece sonunda kendi muayenehanemi açabileceğim. Amcam bir psikiyatrist. Bana hastanesinde eğitim alma ve çalışma şansı sundu bile." Sözlerini biraz küstahça bitirdi. Takdire şayan. Her şey gümüş tepside sunulmuştu. Onun durumunda bu çok adil....

"Peki gerçekten istediğin bu mu?" diye sordu. Kızın gözleri kısıldı, "Ne demek istiyorsun?"

"Demek istediğim, psikolojiyle kendi başına mı ilgilenmek istedin? Yoksa ailenden gelen bir etki mi vardı?"

Gülümsedi, "Hayır, ailemin etkisi yoktu ama ailem kararımı memnuniyetle karşıladı ve başından sonuna kadar beni cesaretlendirdi. Her zaman psikolojiyle ilgilenmek istemiştim ve şu anki gidişattan oldukça memnunum. Gerçekten istemek söz konusu olduğunda, bunun iyi olduğunu kabul etmeliyim ama tam olarak değil...."

"Neydi o zaman?" İlgilenmeye başlamıştı.

Sanki sıkıcı bir psikoloji diploması almak yerine pornografik filmler yapmak istiyormuş gibi kalın kirpiklerini indirdi. "Her zaman psikoloji yapmak istemiştim ama şu an yaptığım şekilde değil. Ailem buna hayır dedi ve amcam da sonunda bunun bir kız için iyi bir kariyer seçeneği olmadığına beni ikna etti."

Sempatik bir şekilde başını salladı. Kendi istekleri yerine başkalarınınkini tercih etmesi çok tipikti.

"Demek istediğim, çeşitli bölümler arasından psikolojiyi seçtiğimde, klinik psikoloji alanında uzmanlaşmak gibi bir niyetim yoktu. Başka bir şey istiyordum..." diye durdu.

"Ne?" Basitçe sordu.

Yanaklarında pembe bir kızarıklık belirdi. "Aslında ben... ben... suç psikolojisi yapmak istiyordum." dediğinde daha da derinleşti.

Adam sırıttı. Suçlular hakkında bilgi edinmek isteyen masum bir kız mı? İşte bu ilginçti.

Adamın eğlenmesi onu daha da rahatsız etti. Ama yine de devam etti, "Gerçekten ciddiyim. İnsan zihni tüm özellikleri ve karmaşıklığıyla ilgi çekici bir çalışma ama bir suçlununki daha da ilgi çekici. Normal insan davranışı çok tahmin edilebilir olabilir. Bazen birinin ruhunun işleyişinin her yönü için bir neden sunabilirsiniz. Ama suçlular, onlar tamamen farklı bir türdür. Bir suçlunun zihninin derinliklerine inmek, içindeki karmaşıklığı bulmak, onu böyle davranmaya iten şeyin ne olduğunu ortaya çıkarmak çok zordur. Sonuçta, öğretilenler dışında, neyin doğru neyin yanlış olduğu duygusu hepimizin içine işlemiştir..." Her kelimede coşkusu artıyordu.

"Bir insanı tüm bu engelleri aşmaya ve kesinlikle yanlış bir şey yapmanın cazibesine kapılmaya iten şey nedir, sence de çok gizemli değil mi?"

Purab onun bakışlarından yarı yarıya kaçtı, her tarafının yıkandığını hissetti. Neredeyse onun da bir suçlu olduğunu düşündüğünü ve zihnini dikizlemek istediğini hissediyordu. Dünyada ne kadar küstahlık vardı! Adam onun için o kadar çok şey yapmıştı ki, yine de onu ve neden onunla birlikte olduğuna dair gerekçelerini kınama ve alaycılıkla değerlendirmek zorundaydı.

"Hiç Agatha Christie kitapları okudun mu?" diye sordu. Adam cevap vermedi.

"Onlarda en sevdiğim şey, insan duyguları hakkında yaptığı ayrıntılı methiyelerdir. Bir insanı suç işlemeye iten şeyin arkasındaki psikoloji, o paragraflarda hiç utanmadan ortaya dökülüyor. Nefes kesici derecede muhteşem!" "En basit güdüleri bile incelikler ve birbiriyle bağlantılı gizli anlamlar ve duygulardan oluşan karmaşık bir ağ gibi gösteriyor."

Tıpkı ona yaptığı gibi mi?

"Hepimizin ne kadar karmaşık varlıklar olduğumuzu merak ediyor insan," diye gülümsedi. "Aslında psikolojiye olan ilgimin bu kitaplardan kaynaklandığını söylemeliyim."

"Harika," diyecek başka bir şey bulamadı.

Kız yere baktı, sonra birden başını kaldırıp ona baktı, "Peki ya sen Purab?"

Adam tekrar sıçradı, "Ben mi?"

Kadın bardağından bir yudum aldı, "Evet, sen" dedi, "Seni eczacılığa iten neydi?"

Ah şu! Gülümsedi, "Korkarım öyle muhteşem bir şey değil. Gerçekten gitmek için can attığım bir şey yoktu. İyi notlarım vardı ama kariyer hedeflerim hakkında hiçbir fikrim yoktu. Sonunda, sadece aile geleneğini takip ettim."

"Aile geleneği mi?"

Başını salladı, "Babam eczacılıkla uğraşıyor. Amcam da öyle. Ben de diğerleri gibi daldım. Pişman değilim ama şimdi bile uğruna ölünecek bir konu olarak görmüyorum."

Biraz daha su yudumladıktan sonra yavaşça, "Ne yazık ki...." dedi.

"Ha?" Bir kaşını kaldırdı.

"Gerçekten çok yazık. Çünkü sen psikolojiye daha uygun bir insansın."

Adam sırıttı, iyice eğlenmiş ve şaşırmıştı.

Aynı ciddi tonda devam etti, "Sahip olduğunuz nitelikler ve kişilik bir psikolog için paha biçilmezdir. Bir insanı bir bakışta doğru bir şekilde değerlendirmek gibi esrarengiz bir yeteneğiniz var. Karşınızdakinin ne düşündüğünü, ne istediğini, ne yapmaya ya da yapmamaya istekli olduğunu bir çırpıda hissedebiliyor ve sonra da kendinizi bu gereksinimlere uyacak şekilde sorunsuzca ayarlayabiliyorsunuz. Herkesi etkileyebilirsiniz. Herkesin sizden hoşlanmasını sağlayabilirsiniz. Herkesin tam istediğiniz gibi davranmasını sağlayabilirsiniz. Bu özelliklere doğuştan sahip olan bir psikoloğun işi çok daha kolay hale gelir. Yani bir psikoloğun yapması gereken şey budur. Hastalarının duygularını incitmeden onlara istediğini yaptırmak."

Purab'ın kalbi zevkle parlıyordu. İnsanlar onun yeteneklerine her zaman hayranlık duymuşlardı ama hiç kimse onları bu kadar açıkça övmemişti. Ya da hiç kimse onun her yönüne asaletin damgasını vurduğu bu tür bir boyutuna ışık tutmamıştı.

"Psikoloji eğitimi almayı hiç düşünmemiş olman çok yazık. Bir servet kazanabilirdin..." dedi asık suratla.

Adam güldü, "Aferin sana."

Kadın gülümsedi, "Evet, benim için iyi..." Gözleri tekrar dans pistine kaydı.

Ona döndü, "Niteliklerini kendi yararına sonuna kadar kullanmışsın. Ama hâlâ kazanılabilecek çok şey var. İnan bana, yalan söylemiyorum. Herkes başkalarının istediği şeyi doğru zamanda bulamaz, kendini onların hayatına tam olarak uyduramaz ve yüzünde her zaman bir gülümseme tutamaz. Bu kadar popüler olmanıza şaşmamalı. Ben neleri başarabilirdim ki; bazen merak ediyorum, birazcık senin gibi olabilseydim..." diye durdu.

Her satırda kafası bulutların arasında yüzmeye başlayan Purab da bu ani son karşısında şaşkına dönmüştü. Ona doğru baktı, hüzünlü bir sessizlik içinde dans pistine ve etrafta cilveleşen çiftlere baktı.

Kadın, gözlerinde hâlâ imkânsız bir rüyanın kalıntılarıyla, acı bir düşüncenin içinde kaybolmuş bir güzellik idolü gibi görünüyordu. Bir kez olsun kraliyet tahtını terk edip başkalarının arasına katılma ve onlar tarafından hoş karşılanma hayali. Diğerleri tarafından olduğu gibi kabul edilmek ve onaylanmak. O ebedi yalnızlığı, kendi kendine dayattığı yalnızlığı neşeli bir arkadaşlığın zevkleriyle değiştirmek. Bir kez olsun hayattan zevk almak ve başkalarının kolayca ve doğal olarak elde ettiği zevkleri aramak. Bir kez olsun normal bir insan gibi, onlar gibi muamele görmek.

Purab o tanıdık acının tekrar üzerine çöktüğünü hissetti. Kadının şimdiye kadar zahmetsizce katlandığı o korkunç yalnızlık duygusunu çoktan hissetmişti. Böyle bir cehennemde bir dakika bile dayanamazdı. Neredeyse bir ömür boyu böyle bir durumda yaşamış olmak ne kadar korkunç olmalıydı. Hepsi diğerlerinden farklı olduğu içindi.

Ama onda gerçekten bu kadar farklı olan neydi? Onunla bütün bir gün geçirmiş ve onda sıra dışı hiçbir şey bulamamıştı. Sıradan bir kız gibi konuşuyor ve davranıyordu, diğerlerinde işe yarayan numaralarla eğleniyor ve baştan çıkarılıyordu ve grubunun neden 'daha adil' cinsiyet olarak eğildiğini hak etmek için tüm sıkıntıları üstleniyordu. Yine de içten içe onun özel olduğunu biliyordu. Tanrı onun diğerlerinden farklı olmasını istemişti. Ve şimdi kendisini de aynı kategoriye sokmak onun elindeydi.

Ne de olsa onunla tanışan herkes bu şansa sahip değildi. Onun dışında herkes ona yapılan yanlışları düzeltme yeteneğine sahip değildi. İşin ironik yanı, cevabın çok basit olmasıydı. Ona aynı şekilde davranarak farklı olacaktı. Onun geçmişi hakkında hiçbir şey yapamazdı, geleceği üzerinde hiçbir etkisi olmayabilirdi ama şimdiki zamanı önünde açık bir kitap gibi duruyordu. Şu anda, o onun randevusuydu. Ve diğer tüm randevuları gibi onun dileği de onun emriydi......

"Dans etmek ister misiniz?"

Pamela irkildi ve şaşkınlıkla ona döndü. Ne duyduğundan emin değilmiş gibi görünüyordu.

"Ne?" Gerçeği daha da doğruladı.

"Dans etmek ister misin, Pam?" Adam nazikçe tekrarladı.

"Uh...," dedi Pam, "Uh... Hayır..."

"Neden?"

"Aynen böyle..." diye cevap verdi telaşla.

Onu durduran neydi? Burada dansçılara özlemle bakıyordu ve burada...

"Yorgun musun?"

"Hayır," dedi, "Hiç de değil..."

"O zaman bana bir dans ayırabilirsin. Dans etmek istiyorum."

Yine gergin görünüyordu, "Özür dilerim." Neredeyse duyulmayacak bir sesle, "Özür dilerim," dedi ve utanarak gözlerini kaçırdı. Purab tam teşekküllü bir şekilde attığı adımın büyüklüğünü fark etti. Şimdiye kadar hiç kimse onunla konuşmak için bu kadar zahmete girmemişti. Bu açıdan kesinlikle büyük bir sıçrama yapmıştı.

"Utangaç hissediyor musun Pam?" Yumuşak bir sesle sordu. Pam ne cevap verdi ne de arkasını döndü.

Adam gülümsedi. Onda insanın kendiliğinden ona ulaşma isteği uyandıran bir şeyler vardı. Bunu kabul etmeyi tamamen reddetmesi de işin tuzu biberi oldu.

"Sorun değil Pam," dedi ikna edici bir şekilde, "Merak etme. Ortalığı dağıtmayacağım. O kadar da kötü bir dansçı değilim."

Pam geri döndü, "Sorun bu değil Purab. Çok iyi dans ettiğini biliyorum. Sorun bende. Dans edemiyorum..."
"Neden? Sorun ne?" diye şaşırdı.

Şimdi kızarıyordu, "Yapamam."

"Neden? Bilmek istiyorum. Seni rahatsız eden bir şey mi var Pam? Anlat bana; belki bu konuda bir şeyler yapabilirim."

"Hiçbir şey yapamazsın, Purab."

"Belki yapabilirim. Eğer bu seninle dans etmeme izin verecekse."

"Neden benimle dans etmek istiyorsun?"

"Çünkü sen buna değersin." Purab'ın tedirginliği Purab'ın basit ifadesiyle daha da artmış gibiydi: "Şimdi söyle bana, neymiş o?"

"Önemli bir şey değil. Sadece.... Dans etmeyi bilmiyorum." Kız ağzından kaçırdı ve daha da kızardı. Purab yüksek sesle güldü.

"Hadi ama Pam," diye kıkırdadı, "bu bir sorun değil."

"Sorun, Purab. Görmüyor musun, ortalığı karıştıracak olan sen değilsin, benim."

"Sen asla ortalığı karıştıramazsın," dedi güven verici bir şekilde, "Sadece bir dene."

Başını salladı, "Şu an doğru zaman değil." "Hiçbir şey bundan daha iyi olamaz." O da karşı çıktı.

"Lütfen Purab," diye yalvarırcasına baktı ona.

"Merak etme Pam, ben ne için oradayım? Sana öğreteceğim...."

"Hayır..." Korkmaya başladığını söyledi.

Yüzü o kadar zavallı görünüyordu ki Purab onu üzdüğü için kendini kırbaçlamak istedi. Ama bunun yapılması gerekiyordu. Üstelik onunla birlikte pek çok ilki gerçekleştirmişti. İtiraf etmekten utanmıyordu. Daha fazlası için açgözlüydü.

"Herkes dans edebilir Pam," dedi kayıtsızca, "Vücudu ve iki bacağı olan herkes." Ve bakışlarının onun kıvrımlı vücudundan siyah topuklu ayakkabılarına doğru kaymasına izin verdi. Ama bunu bir onay için yapmıyordu.

Telaşından fark etmemişti, "Ve bilgi de." Kız tersledi.

Adam irkilmedi bile, "Hadi ama Pam, neden bu kadar büyütüyorsun? Sence oradaki insanlar..." çiftleri işaret etti, "eğitimli başarılı dansçılar mı? Sadece müziği hisset ve ayaklarının kendini kaptırmasına izin ver. Başkaları kimin umurunda? Sakın bana hayatında hiç dans pistine ayak basmadığını söyleme."

"Öyle değil, ama durum tamamen farklı," dedi çaresizlik içinde, "Bu, adımların önemli olmadığı lanet olası bir evlilik töreni değil. Aslında enerji ve keyif dışında hiçbir şeyin önemi yok. Burada durum aynı değil."

"Neden değil?"

"Burası sofistike bir orkestranın ve organize bir valsin tam gaz devam ettiği ayrılmış bir salon. Burada aynı düzensiz kargaşayı bekleyemezsin... Lütfen Purab..." dedi, merhamet dilenir gibi.

İstese acımasızca davranabilirdi: "Biliyorum Pam, bu sana biraz haksızlık olacak ama bazı zamanlarda kendini bırakman gerekir. Tüm riskleri ve endişeleri unut. Tüm korkuları terk et. Ve bir kez daha bunun için biraz yardıma ihtiyacın var gibi görünüyor. Bunu hak etmediğimin çok açık olduğu durumlarda bile bana inandığını biliyorum. Ama," elini ona doğru uzattı, "bunu bir kez daha yapmanı rica ediyorum..."

Yalan söylemiyordu. Dans etmeyi bilmediğini söylerken gerçekten doğruyu söylüyordu. Ama zaten ona hiç yalan söylememişti, değil mi? İki kez ayağını ritme uydurmak için beceriksizce hareket etti, üç kez hangi yöne dönmesi gerektiğini unuttu ve bir keresinde Purab, kız müziğin çok ötesine doğru yürürken dans pistinden sürüklendiğini hissetti, ta ki Purab ona nazikçe önden gitmesi gerektiğini söyleyene kadar.

Arada bir kızarıyor ve bu yeni deneyimden hiç etkilenmeden Purab'ın kollarında rahatsız bir şekilde kıvranıyordu. Adam onu başka bir yere götürmek için bir anlığına belindeki tutuşunu sıkılaştırmak zorunda kaldığında titredi.

Ayakları başka bir tehlikeydi. Sabah gördüğü gibi oldukça biçimli bacakları destekliyorlardı ama burada nereye gittiklerini bilmiyor gibiydiler. Vuruşların akıcılığına ayak uydurmak için umutsuzca çabalarken kendi ayaklarını dürtüyorlardı. Ne zaman yön değiştirseler ya da müzikle birlikte yavaşlasalar, Purab ayağında bazen parmak ucuyla bazen de ayakkabılarının sivri topuğuyla bir dürtme hissediyordu. Bir kez dışında pek acıtmadılar ama yavaş yavaş bıkkınlığını artırdılar ve ona öğretmenin gerçekten de iddia ettiği gibi Herkülvari bir görev olduğunu kabul etmek zorunda kaldı.

Kızın dans etmek için kesinlikle hiçbir yeteneği yoktu. Ama kızın her seferinde ona attığı özür dileyen sevimli bakışlar adamın öfkesini yatıştırmaya yarıyordu. Her ikisi de dans ederken, kızın yüzü parlıyor ve düzenli kalabalığın bir parçası olmaktan heyecan ve mutluluk duyarak etrafına bakarken gözlerinde belirgin bir sevinç parlıyordu. Alışılagelmiş hakaret ve aşağılamaların hiçbiri olmadan, sadece olduğu gibi, herhangi bir dönüşüm beklentisi olmadan sessizce kabullenilmişti.

Purab, kız kendisine büyük bir minnettarlıkla bakarken gülümsedi, gözlerinin kenarları yaşlarla doldu ve sonra sanki bir ömür boyu bu anlara duyduğu özlemi açığa vurmaktan korkuyormuş gibi utangaç bir şekilde başını eğdi. Ve bir anda kendisini rahatsız eden tüm o küçük sıkıntıları unuttu. Kadının çarpıcı güzelliği, utangaçlığı ve en büyük dileğini hiç sormadan yerine getirmiş olmanın verdiği memnuniyet Purab'ın kalbini hayatında hiç hissetmediği kadar ısıttı.

Kızın parlayan yüzüne büyülenmiş bir ifadeyle baktı ve geçmişteki randevularında verdiği her şeyin sadece beklentilerinin karşılanmasından kaynaklanan bencilce bir zevk olduğunu fark etti. Bugün ilk kez birine elini uzatmıştı. Daha önceki randevularının hepsi onun hediyelerinin, sözlerinin, çabalarının verdiği hazzın tadını çıkarmış, bu hazzın şarap gibi kafalarına akması için eğitilmişlerdi. Bugün ilk kez birini gerçekten mutlu etmenin nasıl bir his olduğunu anlayabiliyordu. Artık bunu kendi gözleriyle görebiliyordu. Sadece orada. Başka bir şey yok. Sadece saf, katıksız mutluluk.

Görev Tamamlandı

Evine doğru yürürlerken, "Umarım sen de benim kadar eğlenmişsindir," dedi. Kız ona sinirli bir şekilde baktı, "Elbette eğlendim!" diye haykırdı, "Hiç şüphen mi var?"

Purab gülümsedi ama hiçbir şey söylemedi. Sadece yanı başında, pırıl pırıl ay ışığının altında büyük bir neşenin gölgesinde yürüyen o güzel görüntüye baktı. Birkaç dakika daha geçerse, diye düşündü acı acı, bu sevinç sonsuza dek kaybolacaktı. Buna üzülmeli miydi yoksa sonunda Aastha'yı haksız çıkardığı için mutlu mu olmalıydı, bilmiyordu.

Ama doğrusu, dünyanın en zor işlerinden biri olmasına rağmen birilerinin yüzünü güldürmek için yapmadığı şey kalmamıştı, kendi yeteneği de onun için sadece bir soru işaretiydi. Gün nihayet sona ermişti ve şok edici bir şekilde hala enerjisinin buzdağının sadece görünen kısmını erittiğini hissediyordu....

"Purab..." dedi usulca, neredeyse fısıltıyla.

"Evet?" Adam sorgularcasına ona baktı.

"Bu akşam olanlar hakkında düşünüyordum. Ve sanırım ortaya çıkan sorun için mükemmel bir çözümüm var."

Adam eğleniyordu. Teknik olarak bu sorunun kendi sorunu olduğunu tamamen unutmuştu.

"Neymiş o?"

"Arkadaşlarına benimle çıktığını söylüyorsun," dedi gözünü kırpmadan, "Çünkü biri seni buna cesaretlendirdi."

Purab olduğu yerde durdu, dehşet dolu bakışlarla ona baktı, kalbi ağzına geldi. Kadın biliyor muydu? Bunca zamandır şüphelerini korumuştu ve onun yaptığı ya da söylediği bir şey bu şüpheleri doğrulamış mıydı? Yoksa biri mi ona söylemişti? Onu dehşete düşüren yakalanma ihtimali değil, ona zarar verme düşüncesiydi. Acaba o da her zaman etrafını saran zalim, duyarsız kalabalıktan biri mi olmuştu?

"Hayır!" diye öyle yüksek sesle haykırdı ki, kadın yerinden sıçradı.

"Ama neden?" diye sordu şaşkınlıkla.

"Yapamam," diye tekrarladı hâlâ korkmuş hissederek.

"Ama neden? Sorun ne?"

"Çünkü.... çünkü bu gerçek değil!" Delirmiş miydi? Ne zamandan beri gerçeklerden rahatsız oluyordu?

"Bunu biliyorum Purab," dedi ona nazikçe. Panik zihnini bir ışık gibi terk etti. Tanrı'ya şükürler olsun! Tüm kalbiyle düşündü.

"Kimse gerçeği bilmek istemiyor Purab," diye devam etti tekrar yürümeye başladıklarında, "Herkesin tek istediği bir sürü güven verici ve eğlenceli yalan. Tutunmayı bu kadar çok istediğin bu küçük gerçek parçası, hayatında hayal edebileceğinden çok daha fazla felakete yol açabilir." Bunu bilmesi için kendisine söylenmesine gerek yoktu, "Ama seni bir bahis yüzünden dışarı çıkarmadım!" İtiraz etti.

"İkimiz de biliyoruz," dedi açıkça, "Ama diğerleri biliyor mu? Benimle bir randevuya gittiğini kabul etmektense tam tersini kabul edeceklerdir."

"Onlara bunun bir randevu olmadığını, sadece bir arkadaş gecesi olduğunu söylediğimde kabul edecekler," dedi zayıf bir sesle, kendi sözlerinden bile emin değildi. Kendisi bile inanmazken buna kim inanırdı ki?

Gülümsedi, "Ne yazık ki bu bizim imajımıza pek uymuyor, değil mi? Dışarıda seninle görülen herhangi bir kız, öyle olsun ya da olmasın seninle çıkıyormuş gibi algılanacak..." içini çekti, "Ve benimle çıkan herhangi bir erkek herkesin gözünde bir pislik olur. Bunun senin başına gelmesine izin vermeyeceğim Purab. O yüzden lütfen dediğimi yap. Benim için sorun olmaz, merak etme. Bu yoldan gidersek herkes mutlu olacak."

"Evet herkes..." dedi küskünce, "Ama sen değil."
"Anlamaya çalış Purab," dedi kızgınlıkla, "arkadaşlarının sana güldüğünü, alay ettiğini görmek beni mutlu mu edecek?"

Kendisi buna katlanabilir miydi? Merak etti. Şimdi düşününce aslında kötü bir fikir değildi. Kimse bir şey kaybetmiyor, herkes bir şeyler kazanıyordu....

"O insanların ne düşündüğünü bu kadar önemseseydim seni yemeğe davet etmezdim Pam," dedi, "Ayrıca, eğer gerçekten arkadaşlarımsa, biriyle çıktığım için bana gülmemeleri gerekirdi. Bu yeni yaptığım bir şey değil."

"Ama randevuya çıkan bendim!" dedi sinirli bir şekilde, "Bu gerçekten aynı şey değil..."

"Neden? Sen insan değil misin? Arkadaş edinmek senin hakkın değil mi? Eğlenmek senin hakkın değil mi? Mutlu olmak senin hakkın değil mi?"

Sanki bunu ona daha önce kimse söylememiş gibi şaşkınlıkla ona baktı. Bu onu çok üzdü. Ona gelmekte gerçekten geç kalmıştı.

Ona rahatlatıcı bir sarılma arzusu oldukça güçlüydü. Purab'ın tek yapabildiği usulca omzunu sıvazlamak oldu: "Bu kadar basit bir şeyi anlayamayan insanlar arkadaş olarak adlandırılmayı hak etmezler Pam. Sen benim de arkadaşımsın ve bir arkadaşımı yatıştırmak için diğerini incitmeyeceğim. Kesinlikle senin önerdiğin gibi bir şey yapmayacağım ve başkalarının ne düşündüğü umurumda değil. Lütfen," dedi kız itiraz etmek için ağzını açtığında, "bu konuda daha fazla tartışmak istemiyorum. Hadi acele edelim, hava kararıyor..."

Birlikte sessizce yürürlerken ona bakmaya devam etti ve bir kez dönüp gözlerine baktığında, biraz incinmenin yanı sıra, güvensiz zihninin onu hala ilişkilendirmeye devam ettiği düşük standartlara düşmediğine ve sınavı başarıyla geçtiğine sevinmesine neden olan küçük bir miktar minnettarlık gördü. Kendisini ikiyüzlü gibi hissetmesine neden oldu, aslında onu bir bahis için dışarı çıkarmıştı ama gerçeği kabul etmeyi tamamen reddediyordu. Artık bir pislik gibi davranmaya nasıl devam edebilirdi?

Ona gerçeği söylemeyi, içini dökmeyi şiddetle arzulamaya başlamıştı. Onun kendisini affedeceğinden emindi. Peki sonra ne olacaktı? Bu onu tekrar incitmeyecek miydi? Ona verdiği anılar bir anda yok olmaz mıydı? Onu, kendisiyle bir prestij meselesi olarak flört eden sayısız erkeğin arasına geri koymayacak mıydı? Aylardır içine hapsolduğu ve kurtulmak için yanıp tutuştuğu o eski yalnızlık dünyasına geri dönmez miydi?

Olgun olmalıydı. Eninde sonunda öğrenecekti. A dilini tutsa bile, gaz torbası Cherry birkaç gün içinde bunu Ludhiana'nın yarısına söyleyecekti. Ona kendisi anlatsa daha iyi olurdu. Başka türlü asla anlayamazdı. Onun için ne kadar incindiğini, her şey için kendisini suçlamasına neden olan üniversitedeki o insanları nasıl öldürmek istediğini, onu yemeğe davet etmesinin bahisle hiçbir ilgisi olmadığını asla bilemeyecekti.........

Dans ederlerken ona parıldayan utangaç gülümsemesini hatırladı. Sevinçten buğulanmış gözlerini, heyecandan kızarmış yanaklarını, burnuna dolan ve burun deliklerini sızlatan yasemin kokusunu, onu dans pistinde gezdirirken tuttuğu o yumuşak elleri....

Hayır, diye karar verdi, ona iğrenç gerçeği söyleyerek bu geceki mutluluğunu mahvetmeyecekti. Öngörülebilir geleceğine adım attığında belki darbe biraz daha yumuşak olabilirdi. Bırakın geç tanısın, bırakın hayatının geri kalanında ondan nefret etsin. Ama sadece bu gece onu incitecek hiçbir şey yapmayacaktı. Sadece bu gece ona hayatının en unutulmaz gününü yaşatacaktı. Sadece bu gece için, önemsiz bahisler uğruna ona yaklaşan tüm o erkeklerden farklı olacaktı, en azından onun için.

Ve birden, kafasını o kadar meşgul eden sorunun çözüldüğünü fark etti. O ahmaklar şu anda ona gülüyor olabilirlerdi ama onun başardığına yakın bir şey başarabilen olmuş muydu? Hepsi ona gelmiş, sıkıcı, zaman içinde test edilmiş sıradan numaralarını onun üzerinde kullanmışlardı ama o hiç onlara değerlerini kanıtlama şansı vermiş miydi? Tıpkı onun yaptığı gibi, onlar da arkadaşlarına onu saniyeler içinde kendileriyle çıkmaya ikna edebileceklerini söyleyerek övünmüşlerdi ama bu onun her açıdan ilk randevusuydu.

Onunla birlikte birçok kız görmüş olabilirlerdi ama bu gece daha önce hiç olmamış bir şey görmüşlerdi. Her yönden, zaten her zaman oldukları Purab Chaddha'nın altına düşmüşlerdi. Bu gece restorandaki eski arkadaşlarının sayısı, onun ortaya çıkışıyla akıllarını kaçıracak kadar artmıştı. Bu mucizevi dönüşümü kim gerçekleştirebilmişti? Ağırbaşlı tomurcuğun muhteşem bir çiçeğe dönüşmesine kim sebep olmuştu? Purab Chaddha'dan başka hiç kimse. Onun gücüne ve potansiyeline tanık olduktan sonra bile hâlâ biraz daha gülecek güçleri kaldıysa, sadece kendilerine gülüyor olacaklardı.

A, yeteneklerini denemek için onu seçmekte gerçekten de haklıydı. Birkaç dakika içinde kollarına düşecek sıradan kızlardan biri olsaydı, bu pek bir şey kanıtlamazdı. Ama şimdi böyle nadir bir başarıya imza attığına göre, sadece onu değil, kur yapma oyununun tartışılmaz kralının kim olduğuna dair herkesin aklındaki şüpheleri de susturmuştu.

Tek sorun, bu haberin yayılmasıyla birlikte, çok daha fazla sayıda değersiz iblisin gelip şanslarını onunla denemeye teşvik edilecek olmasıydı. Ve kısa bir süre sonra..... önce isteksizce ama sonra tüm kalbiyle dünyanın çerçevesine kabul ettiği tek erkek o olmayabilirdi.

"Demek motosikletin burada..."

Purab kendine geldi ve yolculuklarının sonuna geldiklerini fark etti. Motosikleti bir ağacın yanına park edilmişti, ötesinde de sabah boyunca tetikte beklediği yol uzanıyordu. O zaman olduğu gibi yine ıssızdı, gümüşi ay ışığı cömertçe üzerine vuruyordu. Evinin önü karanlığa gömülmüştü ama karşıdaki bungalovun verandasının ışığı yanıyordu ve Purab iki kişinin oturduğu iki sandalyeyi ve gürültülü konuşmaları belli belirsiz seçebiliyordu. O piç kurusu muydu? Merak etti. Peki kadın kimdi? Kız arkadaşı mı? Çok tipik! Yani, bekar mıydı? Kıçını bekar!

Purab tereddütlü bir yüz ifadesiyle yanındaki gülümseyen kadına döndü. "Özür dilerim Pam," dedi, "umarım sakıncası yoktur ama yollarımızı burada ayırırsak daha iyi ve daha az zahmetli olur. Komşu eve bakarak, "Seninle evine kadar yürümek istemem," dedi.

"Sorun değil," diye gülümsemeye devam etti, "anlıyorum." Adam onun güzel yüzüne baktı ve sonunda onunla vedalaştığını fark etti. Beklediği gibi onu memnun etmek yerine, bu ihtimal karşısında aniden üzüldü.

Günün son görüntüsü olduğunu düşündüğü şeye bir göz attı ve sonra, "O zaman hoşça kalın," dedi, "Yarın görüşürüz," diye eklemek üzereydi ama kendini tuttu.

Başını salladı, bir adım öne çıktı, sonra ona döndü, "Purab, gitmeden önce sana söylemek istediğim bir şey var..."

"Evet?" Adam beklentiyle ona baktı.

Kadın durakladı, dudakları titriyordu, ona bakıyordu. Adam onun yüzünde biraz korku, biraz utanç fark etti ve kaşlarının arasında küçük bir çatıklık belirdi. Onu rahatsız eden ne olabilirdi?

"Purab," diye başladı, "gün boyunca bana senin hakkında ne hissettiğimi sordun ve ben ikimiz için de önemli olmadığını düşünerek hep kaçtım. Ama şimdi sana olan hislerimi anlatmanı istiyorum çünkü bilmen benim için çok önemli."

Heyecan damarlarında dolaşıyordu. Sonunda, diye haykırdı, kız anlatacaktı.

"Bana hayatımın en unutulmaz günlerinden birini yaşattığını söylemek abartı olmaz. Ama çok daha ötesine geçtiniz. Dileklerimi gerçekleştirdiniz, dolu dolu yaşamamı sağladınız, bana dünyanın kapılarını açtınız. Belki de sahip olduğuma inanamayacağınız birkaç dostum arasına girmeyi başardınız. Size dünyadaki tüm şans ve mutlulukları diliyorum. İleride görüşemeyecek ve artık birbirimizin hayatında olmayacak olsak bile, en iyi arkadaşım olduğunu söylemekte hiç tereddüt etmiyorum. Bunun normal bir arkadaşlık olmadığını biliyorum ama çok teşekkür ederim." Bir sonraki dakika, kendini yukarı kaldırdı ve onu yanağından yüksek sesle öptü!

Ölçülemeyecek kadar şaşıran Purab ona şaşkınlık ve gizlenemeyen bir zevkle baktı. Tüm randevuları çok daha ötesinde sonuçlanmıştı ama bu özel bir şeydi. Purab bir şey söyleyemeden kızın elinin yanağını usulca okşadığını hissetti. Onu nazikçe aşağı çekti ve diğer yanağından gürültülü bir şekilde öptü, şapırtı durdukları sokakta yankılandı.

Purab'ın tepki vermesine fırsat vermeden ona bir kez daha sarıldı, sonra da ayrılıp ıssız yoldan evine doğru koşmaya başladı; bir anda yaramazlık yapmaya karar vermiş tatlı, masum bir çocuk gibi kıkır kıkır gülüyordu!

Purab gülümsedi ve yanağına dokundu, ıslaklık ona sevimli bir hatırlatıcıydı. Kız kapıyı açıp içeri girene kadar izlemeye devam etti ve karşı komşularının onun gelişiyle ilgili herhangi bir merak göstermemiş olmasından dolayı rahatladı. Sonra bisikletine atladı ve yüzündeki gülümseme silinmeyi reddederek eve doğru yola koyuldu. Artık Aastha'ya teşekkür etmek için birden fazla nedeni vardı.

Sonsöz

"Ve gece böyle sona erdi," dedi cep telefonundan ve sonra yastıklara yaslandı. Cevap gelmeyince kibirle ekledi: "Ve bahsi böyle kazandım."

Pansiyon odasına geri dönmüştü. Odasına vardığında saat epeyce geç olmuştu; yüz rupilik bir not bekçiyi yatıştırmıştı ve bu gece nerede olduğunu soracak aptalca bir soruyla karşılaşmadı, hatta kimseyi görmedi bile. Ceketini ve gömleğini çıkarmış ve pantolonuyla yatağa uzanmıştı. Şimdiye kadar yeterince yorulmuştu, Aastha'yı araması ve onun kırk göz kırpışını yok etmekten büyük bir zevk alması hatırlatıldığında uykuya dalmaya hazırdı.

Günün olaylarını detaylandırırken zihninde ortaya çıkan çalkantılardan ve rol yaparak kendisini şaşırttığı bazı garip şeylerden bahsetmekten kaçındı. Pamela'ya sık sık ne kadar sinirlendiğini de anlatmamaya karar verdi ve neredeyse her şeyin mahvolmasına neden olan o davetsiz misafirin varlığını itiraf etmekten çekiniyordu.

Onu saçma bir şekilde memnun ettiği anlara, yemekte yaptığı makyajlara, onu kendisiyle dans etmeye nasıl ikna ettiğine daha fazla vurgu yaparak günün sadece çıplak iskeletini anlattı. Ayrıca, Pamela'yı kendisiyle çıkmaya ikna etmek için flört riski yerine arkadaşlık kozunu oynayıp oynamadığına dair şüpheleri ortadan kaldırmak için Pamela'nın ona verdiği veda öpücüğünden bahsetmeyi de unutmamaya özen gösteriyordu. Ne de olsa tamamen haksız değildi. Aşkta ve savaşta her şey mübahtı. Ayrıca arkadaşlığın anlamı farklı insanlar için farklıydı.

"Şimdi Purab Chaddha'nın bir tipi olmadığını kabul ediyor musunuz? Bu gezegendeki her kıza kur yapabilir?" dedi telefonda alaycı bir şekilde, "Onun hünerleri hakkında herhangi bir şüpheniz olduğunu mu düşünüyorsunuz? Adil bir şekilde kazandığımı kabul ediyorsun, değil mi?"

Bir süre yine cevap gelmedi. Sonra Aastha oldukça kasıtlı bir yavaşlıkla sakin bir sesle başladı: "Duruma göre değişir, senin bakış açına göre değişir..."

Purab doğruldu. Ne demek istiyordu bu kadın?

"Gördüğünüz gibi, bana verilen görevi tamamladım, dolayısıyla ben kazandım."

"Bu da bir bakış açısı."

Yoğun bir öfke kapladı içini. Onun yenilgiyi nezaketle kabul etmeyeceğini biliyordu. Lanet olası kadın!

"Başka yolu yok," dedi sesini tutarak, "Tek yolu ben kazanırım, sen kaybedersin..."

"Daha önce de söylediğim gibi, bu çok durumsal bir şey."

"Bu ne saçmalık? Senin seçtiğin herhangi bir kızı benimle çıkmaya ikna etmem ve ek bir kanıt olarak o randevuya gerçekten gitmem şart değil miydi? Ben tam olarak bunu yaptım."

"Bunu ben de biliyorum. Benim için hecelemene gerek yok."

Sonunda canına tak etmişti, "O zaman senin sorunun ne? Ben tam olarak benden istenileni yaptım ve şimdi sen sözleşmede bana söylenmemiş maddeler buluyorsun. Gerçek şu ki, kazanan sen olduğuna dair ısrarlı bir yanılsama içindesin ve ben hiçbir hile yapmadan kazanmışken, iddiamı çarpıtmak için boşluklar yaratıyorsun," diye öfkelenerek sözlerini bitirdi.

Diğer taraftan bir kıkırdama duydu, "Tamam, Bay İnatçı, madem bu kadar sinirleniyorsunuz, kazandığınızı kabul edeceğim. Ama önce birkaç soruya cevap verin."

"Şimdi ne olacak?" dedi hışımla.

"Dinle," sesi hâlâ eğleniyor gibiydi, "ve çok dürüst ol, tamam mı?"

Adam cevap vermedi.

"Öncelikle, o kıza gittin çünkü benimle iddiaya girmiştin. Sırf yapabildiğini kanıtlamak için onunla flört ettin. Beni alt edebilmek için onunla randevuya gittin. Bu doğru mu?"

"Evet."

"Şimdi, durum bunu gerektirmeseydi, hiçbir koşul altında tüm bunları yapacağını düşünüyor musun? Eğer senin kur yapma becerilerinle dalga geçmeseydim, bunları onun üzerinde dener miydin? Onu seçmemiş olsaydım, yanına gider miydin? Sana meydan okumasaydım, sence yakın gelecekte ya da belki çok daha ileride onu doğal olarak fark eder ve bir sonraki kurban olarak seçer miydin?"

Bütün bunları dinledi ve giderek daha fazla sıkıntı duymaya başladı. Gün boyunca aklını kurcalayan sorular bunlardı ve o da bu sorulara, kızın kendisiyle tanışmasına engel teşkil eden kusurlarını göstererek cevap vermeye çalışmıştı. Ancak gün yavaş yavaş sona ererken, onun dikkatini zahmetsizce çekebilecek ve kendisine olan ilgisini canlandırabilecek tüm bileşenlere sahip olduğunu fark etmişti. Yine de söylediği gibi, onunla aynı süre boyunca üniversitede bulunmuş olmasına rağmen onu fark etmemişti bile. Bunu söylemekten nefret ediyordu ama söz konusu kız olduğunda artık yalan söyleyemezdi.

"Hayır."

"Dürüstçe cevap verdiğin için teşekkürler. Yani böyle bir kıza çıkma teklif etme zahmetine asla girmeyeceğini kabul ediyorsun. Hatta yanlış hatırlamıyorsam, onu gösterdiğim gün de pek istekli değildin. Başka bir deyişle, o tür kızlarla takılman ya da arkadaş olman mümkün değil. Şimdi, bu kelimeyi söylediğimde çılgına döndüğünüzü biliyorum, bir tür hoşlanma ile kastedilen bu değil mi? İddia senin bir tipin olmadığını kanıtlamak içindi. Ama diğer tiplere yönelmen için bir bahse ihtiyaç duymanı başka nasıl açıklayabilirsin ki?"

Hiçbir şey söylemedi.

"İkincisi, onu bir alışveriş merkezine, sinemaya, dans pisti olan bir restorana götürdün. Başka bir deyişle, onunla yapmaktan hoşlandığınız şeyleri yaptınız. Onun nelerden hoşlandığını öğrenmek ya da ilgilendiği bir şey yapmak için hiç zahmet etmediniz. Bütün bunlardan sonra hâlâ her kadın için uygun bir tip olduğunu mu söylüyorsun?"

Onun hiçbir şey öğrenmesine izin vermemişti! İtiraz ederek düşündü. Sabahtan beri onun kendisini istediği gibi yönlendirmesine izin vermişti. Ona nereye gitmek istediğini, ne yapmak istediğini sormuş ve söylediğinde hiçbir itiraz göstermemişti.

Onun her kaprisini, her isteğini hiçbir sorun göstermeden memnuniyetle yerine getirmiş ve adam da onun yerine bunların onun da hoşuna giden şeyler olduğunu varsaymıştı. Yine de bunlardan hoşlanmıştı; bunu kendisini savunmak için söyleyebilirdi. Ama hiçbir şey ona nelerden hoşlanacağını sormasına engel değildi. Ama sormadı.

"Üçüncüsü, kızları avucunun içi gibi bildiğini söylemiştin. Ama şimdi sorsam, neden bu kadar yalnız olduğunu biliyor musun? Neden insanlar onunla dalga geçiyor? Neden sen ve senin gibi tüm erkekler onun etrafında olma fikrinden tiksiniyor?"

"Bu senin itibarın için büyük bir darbe olur Purab, şimdi ne yapacaksın?" diye sormuştu ona. Peki ona karşı nasıl davranmıştı? Onu başkalarından saklamaya çalışmak, olduğu gibi olmasına izin vermemek, bunu yapanlara öfkelenmek....

"Dördüncüsü, yapacağını söyledin..."

"Tamam, A, ne ima etmeye çalışıyorsun?" Kısa kesti. Artık canına tak etmişti.

"Diğer taraftan Purab. Senin üstünlüğünden şüphe duyan birinin olması zaten içindeki sızıntıları gösteriyordu. Değerinizi kanıtlamak için bahse girmeniz bile başlı başına başarısızlığınızın bir işaretiydi. Bir savaşçının şöhreti kendi adına konuşur. Bu bahis gerçekten hiçbir şey kazandırmadı. Yani senin kazanman da hiçbir şey ifade etmiyor."

"Ne oluyor lan?" diye neredeyse bağıracaktı, "Kazanırsam bir daha benim üstünlüğüm konusunda sesini yükseltmeyeceğine söz vermiştin. Ve şimdi sadist zevkinden mahrum kalınca, sözünden dönmek için bu aptalca bahaneyi mi buluyorsun? Bir savaşçının ünü sadece bir savaşla doğar. Tamam, bahis olmasaydı ona çıkma teklif etmezdim ama zamanı geldiğinde bunu yapamayacağımdan değildi. Düşündüğünüz kadar ne için yola çıktığımı da kanıtlayamadım. Bana her zaman en iyi arkadaşım derdi. Hedefimi gelecek günler için büyülü bırakacağımı söylemiştim ve başardım. Önemli olan nihai sonuçtur, ona ulaşmak için ne yapıldığı değil ve sonuçta ben kazandım çünkü benden bekleneni hassasiyet ve mükemmellikle yaptım. Kabul et A, bahsi kaybettin. Bir şey elde edip etmediğini ancak cezanı ödediğinde anlayacaksın."

Adamın son derece sinirlenmesine karşın, kızın sesi hiç de rahatsız edici değildi: "Elmas orada, güneş ışığının tadını çıkarırken, gözleri parlarken buna hırsızlık mı diyeceksin Purab? Zarın dört yüzünde de altılı olsaydı bu gerçek bir kumar olur muydu? Bir ordunun turu savaş olarak damgalanır mıydı? Kaderin nimetleri emeğin meyvelerine dönüşür müydü?"

Purab'ın gözleri kısıldı. Neydi bu saçmalık? Yenilginin travmasıyla aklını mı kaçırmıştı? "Nedir bu saçmalık?" diye sordu.

Sanki duymamış gibi devam etti, "Bu nimetler sadece birkaç kişinin lüksü ama diğerlerinin özlemi ise buna adil diyebilir misiniz? Doğanın bazılarına isteklerini kendi başlarına yerine getirme özelliğini vermiş olması, bazılarına ise mücadele ve çaresizlikten başka bir şey vermemiş olması mı? Ya o kişi, kendisi için olmadığı açıkça belli olan, bir milyon yıl geçse de onun olamayacak bir şey için hayal kurmaya cesaret ederse?"

Aklına bir şey takıldı. Gözlerindeki o umutsuz umut. Kabul görme özlemi.

"Kalıcılık için bir hayal değil, dikkatinizi çekerim. İnsanların hissettiğinin aksine hayatından hiçbir şikâyeti yok. Kendi dünyasında mutlu. Yalnızca, normal bir kadın gibi o erkek arkadaşlığı, o aranan zor insanların arkadaşlığını özlediği zamanlar oldu. Kesinlikle onun için değil. Kaderinde yalnız olmak varmış. Tüm dikkatlerden uzakta."

Bugünden sonra bunların hepsi inandırıcıydı.

"Pişman olduğundan değil. Farklılıkların pratikte çok ağır olduğunu ve kalbinin aşık olmanın getirdiği sorunlara dayanacak kadar güçlü olmadığını biliyordu. Ama ne yazık ki öyleydi."

"Sadede gelecek misin?" diye sordu sinirlenerek.

"Peki, diğer önemsiz erkekler sadece şaka olsun diye onu rahatsız ve taciz etmeye geldiklerinde neden onun için bir anlam ifade etmiyordu? Neden diğer kızlar için olan onun için de olmasın? Ama başından beri belliydi, bu adamlar ona sadece meydan okudukları için yaklaşırken, başka birinin başka ne nedeni olabilirdi? Bunun onun için çok zor olduğunu biliyordu, ama tadına bakmasını engelleyen neydi? Bir ömür boyu değil, sadece birkaç an için. Günlerce tadını çıkarabileceği kadar. Sadece bir ara ve sonra memnuniyetle monoton, silik hayatına geri dönecekti, geri kalan zamanını hiç zorlanmadan geçirecekti..."

"Sen neden bahsediyorsun?"

"Zorlanmadığı sürece bunun gerçekleşmeyeceğini biliyordu. Ve insan zihnini.... egosunu dürtmek dışında hiçbir şeyin iradeye zorlayamayacağını bilecek kadar okudu."

"Bana bak A," dedi öfkeyle, "bu saçmalıktan bıktım. Bulmaca gibi konuşmayı kes yoksa telefonu kapatırım."

"Kendimi yeterince açık ifade edemedim mi?" diye şaşırmış gibiydi, sonra kabul etti, "Tamam, senin durumunda mantıklı. Pamela'nın seni gördüğü günden beri senden hoşlandığını söylersem en azından senin için abartmış olmam. Ayrıca ikinizin birlikte olma düşüncesinin bile saçma olduğunu kabul etti. Ama o adamlar her gün onunla flört etmeye başladıklarında, aralarında senin de olmanı dilemekten kendini alamadı. Elbette hiçbir erkeğin ona çıkma teklif etmeyeceğini biliyordu, bir bahis dışında. Ve böylece, birkaç tarih notu, ikimiz için de bir subsi karşılığında, benden onunla çıkman için sana meydan okumamı istedi ve ben de bunu seve seve yaptım. Çok güzel işledi. En ufak bir şüphe duymadan tuzağa düştün ve onun çok hoşuna gidecek şekilde ona doğru yürüdün. İddianın zorlayıcı talebi karşısında her halükarda onunla gideceğini biliyordu ama seni görünce sevinçten havalara uçmayacak ve saniyeler içinde seni başından savmayacaktı. Bu yüzden, ilginiz gerçek bir seviyeye çıkana kadar sizi kasıtlı olarak oyaladı, elde edilmesi zoru oynadı. Ama umduğundan fazlasını elde etti. Hatta bana, sadece bir akşam geçirmeyi umarken senin bütün bir günü onunla geçirmeyi kabul etmene çok şaşırdığını söyledi. Komik değil mi Purab? O kız erkeklerle tek bir kelime bile etmemiş olmasına rağmen onlar hakkında çok şey biliyor, sen ise yüzlercesiyle çıkmış olmana rağmen kızlar hakkında hiçbir şey bilmiyorsun."

Cevap gelmedi.

"Sen aramadan önceki günün tüm gelişmelerini zaten almıştım ve bu daha ayrıntılı ve daha gerçekçi bir versiyondu. İtiraf etmeliyim ki onu daha önce hiç bu kadar mutlu duymamıştım. O günü, sizi ve gittiğiniz yerleri anlata anlata bitiremedi. Sizi hafife aldığını düşünüyor. Senden sadece her zamanki randevuların gibi davranmanı bekliyordu ama sen daha da ileri gittin ve onun tüm hayallerini gerçekleştirdin ve en azından birkaç dakikalığına da olsa yalnızlığın ve aşağılanmanın zihninde açtığı yaraları sildin. Ona o unutulmaz günü yaşattığınız ve en büyük dileğini yerine getirdiğiniz için size tüm kalbiyle teşekkür etti. Onunla birlikte grup arkadaşlarınızla nasıl karşılaştığınızı da duydum. Aldığı riske rağmen ona sadık kalacağınızı hiç beklemiyordu ama bunu yaptınız ve onu çok etkilediniz. Ve Nirvana'yı seçmek, en çılgın hayallerinde bile bunu hayal etmemişti. Ona gerçekten iyi vakit geçirttin ve sadece onu değil beni de şaşırttın. Her zaman kızlarla kendi iyiliğin için çıktığını düşünmüştüm ama bu kadar önemseyebileceğini hiç bilmiyordum. Onun dünyadaki tüm mutluluğu hak eden tatlı bir kız olduğu konusunda bana katılmayacağını sanmıyorum. Ve sadece ona bir bakış attığın için ben de sana teşekkür ederim." İçini çekti, "Peki o zaman Purab, sanırım iddiayı senin kazandığını kabul edeceğim. Seni seçmesinin nedeni içinde bir şeyler olmalı. Sözlerin kulağa geldiği kadar boş değil. Maymun hala maymun olsa da Everest Dağı'nı okaliptüs ağacına çevirdiğin kesin. Arkadaşımı mutlu ettiniz ve ben de iyiliğinize karşılık verip kazandığınızı söyleyeceğim. Ama iyi düşün, olaylara bir de bu açıdan bak ve sonra gerçekten yapıp yapmadığına karar ver..." Telefonu kapattı.

Purab telefonu bir kenara bıraktı ve açık pencereden dışarı, parlayan dolunaya baktı. Önce şaşkın bir sessizlik içinde her şeyi dinlemiş, sonra da yatağa uzanıp bitkin bir teslimiyetle dinlemeye devam etmişti. Şimdi kendisine anlatılan hazmedilmesi son derece güç gerçekler üzerinde düşünüyordu.

Demek tuzak gerçekten de onun için kurulmuştu. Tuzak o kadar zekice kurulmuş, gururunun ve kararlılığının etrafına dolanmıştı ki, kendi isteğiyle tuzağa düşmüştü. O kadar sıkı bağlanmıştı ki kaçmanın hiçbir yolu yoktu. Zihin bilgisini onu analiz etmekte ve onu yanında tutan hileleri kullanmakta oldukça ustaca kullanmıştı.

O her şeyi göremiyordu ama her şey çok açıktı. Onun kendisini istediği gibi kullanmasına izin vermesi, kasıtlı olarak onu yönlendirmeye devam etmesi ve yine de kendisiyle ilgili hiçbir şeyi açığa vurmaması. Ayrıldıklarında ona bir şey söylemek istemişti. Acaba aynı korkular onun da başına bela olmuş muydu?

Onu elde etmek için haksız yollara başvurmuş olabilirdi ama bu hareket ona büyük bir saygı duymasını sağlamıştı. "Denemediğimi mi sanıyorsun? Kadın ona sormuştu. Şans sizden yana olmadığında hiç kimse ileriye doğru bir adım atıp imkânsız hayalini gerçekleştirme cesaretini gösteremezdi. Evet, bu onun hatasıydı.

Onu yanına çekmek için bir yalan uydurmuş olabilirdi ama ona söylediği sadece gerçekti, başka bir şey değildi. O unutulmaz gün boyunca onun yanında sadece o vardı, başka kimse yoktu. Tam da onun istediği gibi.

Şimdi tüm gerçeği bildiğine göre, hiç de kızgın hissetmiyordu. Daha ziyade mutlu hissediyordu. Yoğun ve karanlık bir orman olduğunu düşündüğü şeyden biraz korkmuştu, bunu şimdi itiraf edecekti. Ama o ormandan geçtikten sonra, yumuşak kumlu bir sahile ve ötesinde sınırsız bir denize ulaşmıştı; mavi suları sakin, huzurlu, serin ve davetkârdı. Ve şimdi oraya vardığına göre, düşündüğü gibi hemen ayrılmaya hiç niyeti yoktu.

Uzanmak ve sıcak, ince kumların kendisini okşamasına izin vermek istiyordu. O berrak havuza girmek, durgun suyu hissetmek, parmaklarının arasından akmasına izin vermek, varlığıyla içinde küçük titreşimli daireler çizmek istiyordu. Artık tüm gerçeği bildiğine göre, kendini aldatılmış hissetmek yerine, daha derinlere inmek için aniden daha istekli oldu.

Tatlı bir kızdı, diye gülümsedi ve dilediği tüm dilekleri kesinlikle hak ediyordu. Böyle saçma ve basit dileklerde bulunmaması gerekiyordu. Onun gibi biri için pisliklerle çıkmayı arzulamak yerine ulaşılması gereken çok daha iyi hedefler vardı. Yalnız olmayı hak etmiyordu. Arkadaş edinmeye, saygı görmeye ve kabul edilmeye hakkı vardı. Birkaç dakikalığına her şeyin bittiğini düşünebilirdi ama henüz her şey bitmemişti. Ayrıca, Purab Chaddha'yı kandırıp paçayı kurtarabileceğini düşündüyse fena halde yanılıyordu.

Kesinlikle çok tahmin edilebilir bir geleceği var, diye düşündü Purab, dudaklarında hınzır bir gülümseme parlıyor, aya bakmaya devam ederken gözleri şeytani bir şekilde parlıyordu. Yarın üniversite kantinine geldiğinde!!!! şirket için alacağı sadece kitapları olmayacaktı.

Yazar Hakkında

Barnali Basu

Barnali Basu, Manipal'deki Kasturba Tıp Fakültesi'nden mezun olmuş bir jinekologdur. Hikâyelere olan ilgisi kısmen annesinin çocukluğunda ona anlattığı masallardan ve kız kardeşi bir edebiyat patronu olduğu için büyük kardeşleri taklit etme alışkanlığından kaynaklanmaktadır. Yazmaya, özellikle de gizem ve romantizme karşı bir tutkusu var, ancak eninde sonunda korku ve mizah alanında da şansını denemeyi planlıyor. Tüm zamanların en sevdiği yazarlar Agatha Christie ve Enid Blyton. Okulda ve üniversitede bazı yaratıcı yazarlık yarışmalarını kazanmış ve ayrıca üniversite dergisinin editör ekibinde yer almıştır.

Başlangıçta bunu bir hobi olarak sürdürdü ancak etkilendiği arkadaşları tarafından yayınlama girişiminde bulunmaya teşvik edildi. Ukiyoto yayıncılık tarafından 'Kolkata Diaries', 'Summer Waves', 'Philo's prodigy' ve 'Tales in the City' gibi farklı yayınların antolojilerinde yayınlanmış kısa öyküleri ve Amazon Kindle'da kendi yayınladığı 'Two worlds' adlı kısa bir gizemi bulunmaktadır. Ailesiyle birlikte Guwahati'de yaşamaktadır. Bu onun ilk uzun roman denemesi. Umarım beğenirsiniz!

www.ingramcontent.com/pod-product-compliance
Lightning Source LLC
LaVergne TN
LVHW041917070526
838199LV00051BA/2652